٤٢٥٠٧
٣

Y-5407

$\frac{4 \cdot 273}{4}$

Ye

74

Quid non mortalia pectora cogis,

Auri sacra fames!   VIRGIL.

Georg Vertue del & sculps

LA CHUTE

DE

L'HOMME,

ET LES

RAVAGES

DE

L'OR ET DE L'ARGENT.

POËME DEDIÉ
AU ROI & A LA REINE.

Par DAVID DURAND,
Min. de S. Martin & Membre de la S. R.

A LONDRES,
Pour l'AUTEUR, at Gresham-College, Broad-street.
MDCCXXIX.

ARGUMENT

DU

POËME.

I. DANS *le premier Chant, après l'Expofition du fujet & l'éloge du* ROI *& de la* REINE, *on introduit un Archange, qui, frappé de la beauté de notre Monde, entre en jalouzie fur la gloire fu- ture de nos premiers parens, dont il a ouï parler, & conçoit le perfide def- fein de les perdre. Il forme fa cabale avec d'autres Génies de fon Ordre, defcend fur la Terre & trouve un ferpent fur le bord de l'Euphrate, dans le- quel il fe jette. Surpris de fe voir abruti, il effuye divers combats avant que de paffer le fleuve. Cependant, confirmé dans fa malice, il paffe le fleu- ve & arrive dans le Paradis Terreftre, dont les charmes le raviffent ; jufques-là que voyant par-tout les traces de la main du Créateur, il conçoit de violens remors fur le crime qu'il va commettre.*

   II. *Dans le 2. Chant, ayant traversé de grandes plaines, il apperçoit* EVE *fur le bord d'un Ruiffeau & l'admire. Enfuite, il commence à l'at- taquer par un difcours hypocrite & flatteur, & fur ce qu'elle paroit furprife de l'entendre, il lui raconte de quelle maniere il eft parvenu au don de la parole, favoir en mangeant du fruit d'un certain arbre qu'il lui montre : & fur ce qu'elle lui replique que ce fruit leur a été défendu fur peine de mort, il tâche de réfuter cette menace, en invoquant l'arbre même & en ex- pofant toutes les connoiffances qu'il y a puifées, comme le Syftheme du Monde, la Création, l'inftitution du mariage & les principales idées de la Religion Révelée. Enfin il lui promet, s'ils en mangent, & l'apothéofe & les autels. Eve, gagnée par fes impoftures, mange du fruit : le Ciel gronde, le Demon fe retire du corps du Serpent, & la Femme, frappée de la colere du Ciel, fe lamente. Dieu a pitié d'elle & le calme revient.*

   III. *Dans la 3. Chant, Adam, qui étoit affoupi dès le matin, fe réveille, & cherche fon Epoufe qu'il trouve toute abbatüe, & qui lui apprend le fu- jet de fes douleurs. Son Mari, touché de fes larmes, lui raconte le fonge affreux qu'il vient de faire fur fon fujet. Eve continuë adroitement d'éx- citer la compaffion de fon Mari, en l'éxhortant à oublier cette injure, à vi- vre hûreux & à l'abandonner à fon malheur. Mais il la confole en lui pro- mettant de la fuivre, & de mourir avec elle. Eve, pénétrée de ces fenti- mens, les admire & fe jette entre les bras de fon Epoux : qui vaincu par fes careffes, mange du fruit & fe plonge avec elle dans la tranfgreffion. Effets étranges de ce fruit, du côté de l'Amour prophane qu'il infpire & que l'on couvre ici des tenebres les plus épaiffes.*

VI. *Dans*

IV. *Dans le 4. Chant, l'Archange de retour dans le Ciel, ne peut soutenir la vüe du Souverain Maître; qui séant sur son trône, ordonne à son Fils & à ses Anges de le chasser du Ciel avec tous ses adhérans. Sur quoi, le Fils de Dieu, après le cantique, forme son armée & présente la bataille à l'Ennemi, qui est défait de tous côtez. Blessures des Démons & origine poëtique de leur laideur. Molock, le plus opiniâtre, en veut principalement au Fils de Dieu, qu'il blesse legerement. Mais le Fils de Dieu le poursuit & le perce de ses propres traits. Enfin les Démons soumis de tous côtez demandent à sortir des Cieux. Le Ciel s'ouvre, & la Terre, qu'on suppose flottante, les reçoit. Triomphe du Fils de Dieu. Confirmation des Anges fidelles, & leur Cantique à ce sujet.*

V. *Dans le 5. Chant, Les Démons dispersez sur notre Globe, se rassemblent dans les Plaines de Moab & tiennent conseil entr'eux: Leur Chef les console de son mieux & les anime à se venger contre le Genre-Humain. Molock voudroit retourner faire la guerre à Dieu & escalader le Ciel; mais sur les murmures qui s'élevent dans l'Assemblée à cette occasion, il se retranche à ravager la Terre par le meurtre & par la discorde. Asmodée, qui est le Démon de la Luxure, prend la parole & ayant refuté Molock, il promet de tourmenter les Hommes par les passions les plus ridicules & les plus flétrissantes, dont il donne divers éxemples.*

VI. *Dans le 6. Chant, qui n'est proprement qu'une suite du précédent, Mammon se leve & tâche de concilier les Esprits & les opinions, en promettant de son côté de troubler le repos des Humains par la cupidité & par l'avarice. Sur quoi, il entre dans un grand détail des ravages de l'or & de l'argent, comme du vol, du poison, de la perfidie, de la dureté, de la corruption des juges, & des grands & des petits, des éxcès du jeu & du luxe, & finit son discours par une description poëtique & prophétique des dérangemens du Sud. Mammon ayant fini, Satan résume les opinions & exhorte sa troupe à se préparer à attaquer les Hommes de toutes les manieres & ainsi finit le Concile infernal.*

VII. *Nos premiers Parens étant réveillez, reconnoissent leur faute & leur honte & cherchent à se cacher. Mais le Fils de Dieu, accompagné de deux Anges, descend du Ciel pour juger les coupables; il les écoute tous deux & ensuite il prononce la sentence contre le Démon, contre la Femme & contre son Mari: qui se voyant confondu, tombe à ses pieds avec son Epouse & lui adresse une priere, où il exprime tous les sentimens d'une contrition amere. Le Fils de Dieu en a pitié, les console, & leur promet son intercession dans le Ciel, où il se retire, en leur laissant Raphaël pour les conduire hors d'Eden. Raphaël continuë à les rassurer contre les frayeurs de la Mort, leur dévoile les merveilles de la Providence & leur annonce cette suite de Heros qui doivent naître d'eux jusqu'à J. C. dont il décrit l'abaissement & l'éxaltation, & après leur avoir donné quelque idée des Grands-Hommes jusqu'à présent, comme des bons Roix, des Juges integres, des Sages Héros, des vrais Philosophes & des bons Pasteurs, il prend congé d'Eux, & se retire dans le Ciel.*

P O.

POËME

SUR

LA CHUTE DE L'HOMME

ET SUR

LES RAVAGES DE L'OR ET DE L'ARGENT.

 Vous qui m'inſpiriez quand ma tremblante voix
De l'antique Pinceau racontoit les éxploits,
Et ſuivoit Raphaël dans ſes ſombres mazures
Pillant ce feu ſacré qui brille en ſes Figures,
Et dans Rome étonnée, aux yeux de ſes Rivaux,
Etalant, ſous le nom de chef-d'œuvres nouveaux,
Ces crayons immortels que ſa main diligente
Tranſporta d'un vieux mur ſur la toile récente;
Vous dictiez, je chantois & toujours gracieux
Notre Auguſte animoit mon chant mélodieux:
Aujourd'hui ſur un ton plus grave & plus ſevere
Chantez moi des Mortels la chute & la miſere,
Et cet Or ſeducteur dont la cupidité
Des plus noirs attentats brave l'énormité:
Muſe, dites moi donc quelle maligne eſſence
Du premier des Humains fit tomber l'innocence,
Et pour troubler la paix des vivans & des morts
Juſqu'aux rives du Stix enfonça nos tréſors:
Ou plutôt quel Démon, né pour notre ſupplice,
Excita dans nos cœurs le feu de l'avarice,
Arma contre nous-même & le pic & l'hoyau
Et de nos propres mains creuza notre tombeau.
Et vous, hûreux Epoux, dont les flames ſacrées
D'un ſpectacle ſi rare enchantent ces contrées,
Et qui reſplendiſſant de mille traits vainqueurs,
Comptez peu de régner ſi ce n'eſt ſur les cœurs;
En qui la dignité, le pouvoir, la naiſſance,
La majeſté, l'éclat & la magnificence

Se font moins admirer qu'un penchant genereux
A rendre l'Univers plus juste & plus hûreux:
Pour un si haut projet secondez mon audace,
Soutenez de mon chant & la force & la grace,
Tandis que sous vos yeux j'attaque les autels
Qu'élevent à Mammon tant de lâches mortels.
Loin d'ici le Vulgaire ignorant & prophane,
Qu'Apollon desavoué & Minerve condane;
Herault de l'innocence & de la piété,
J'annonce les appas de la simplicité,
Et je montre aux Humains des trésors plus durables
Que cet éclat trompeur qui les rend misérables.
    D a n s le tems que la Terre & les Cieux azurez,
Des ombres du Cahos nouvellement tirez,
Commençoient à jouïr de l'aspect salutaire
De l'Astre glorieux qui toûjours les éclaire;
Que la Lune argentine, empruntant sa clarté,
La rendoit aux climats tournez de son côté;
Et qu'à son tour la Terre & plus grande & plus belle
Lui prêtoit plus d'éclat qu'elle n'en reçoit d'elle;
Que le Jour & la Nuit, enfans de ces grands Corps,
D'une juste alliance observoient les accords;
Que l'Homme & sa Compagne, au sein de l'innocence,
De la main qui fit tout adoroient la puissance,
Et trouvoient, chaque jour, dans leur félicité,
Des sujets infinis d'éxalter sa bonté:
Un Archange superbe, un envieux Génie,
D'un concert si touchant vint troubler l'harmonie:
„ Que vois-je! quel éclat, dit-il, sous ces hauts lieux!
„ Un Monde tout nouveau vient d'éclorre à mes yeux,
„ Un informe Cahos, une masse indigeste,
„ Au grand étonnement de la Troupe Céleste,
„ D'un voile ténebreux perçant l'obscurité,
„ Vient de prendre un aspect tout plein de majesté;
„ C'est donc là cette Terre à l'homme consacrée,
„ Des honneurs du Printems deja toute parée,
„ Qui médite son cours & vers l'astre qui luit,
„ Comme après son Amant se tourne jour & nuit!
„ Sous ce poile d'azur, parmi tant de lumiere,
„ Que pense ce Mortel, enfant de la poussiere,
„ Croit-il que ces flambeaux n'ont été destinez
„ Qu'à servir de spectacle à ses yeux étonnez?
                                        „ Hûreux

„ Hûreux, mais limité dans son intelligence,
„ Il ne diſtingue pas le vrai de l'apparence;
„ Il croit que ce bel Aſtre, attentif à ſes jours,
„ Pour lui tous les matins recommence ſon cours,
„ Et ne va dans les eaux retrouver un azile,
„ Que pour lui laiſſer prendre un repos plus tranquile;
„ Que la Lune conſtante en ſes varietez,
„ Réſerve pour lui ſeul ſes plus douces clartez,
„ Et ne cherche à briller dans les nuits les plus ſombres;
„ Que pour en tempérer la fraîcheur & les ombres,
„ Et pour rendre plus pur & plus délicieux
„ Le charme des pavots qui lui ferment les yeux;
„ Qu'en un mot la Nature & ſi vaſte & ſi belle
„ A mis toute ſa gloire à lui marquer ſon zèle?
„ Encor ſi prévenu de ces hauts préjugez,
„ Les deſirs de ſon ame étoient mieux dirigez,
„ Et ſi poſſedant ſeul l'Empire de la Terre,
„ Dans ce vaſte domaine il ſavoit ſe complaire,
„ A ſa tendre moitié conſacrer ſes beaux jours,
„ Cultiver les doux fruits de ſes chaſtes amours;
„ Et de ces rejettons formant des pépinieres,
„ Juſqu'aux Poles glacez étendre ſes frontieres:
„ Mais je lis dans ſon cœur & cet ambitieux
„ Oſe porter ici ſes vœux audacieux:
„ Je vois qu'à chaque inſtant il s'éleve, & ſa vuè
„ D'un vol précipité ſemble percer la nuë,
„ Comme ſi ſon eſprit de l'Olympe émané
„ Ne pouvoit être hûreux qu'il n'y ſoit retourné.
„ On le dit, on en parle, & déja nos Archanges
„ Du Très-Haut ſur ce point célébrent les louanges;
„ Déja le Fils de Dieu magnanime & puiſſant
„ S'intéreſſe au bonheur du Genre-Humain naiſſant,
„ Et d'un cœur généreux, applaudi de ſon Pere,
„ S'en déclare le Prince & le Dieu tutelaire;
„ Eſperant qu'à la fin dans ces lieux fortunez
„ Il verra tout ſon peuple & ſes vœux couronnez.
„ Tel eſt donc le projet dont ſon ame eſt flattée!
„ La poudre dans le Ciel ſe verra tranſportée;
„ Et l'Eſpece bizarre, admiſe en ces hauts lieux,
„ Viendra par légions triompher à mes yeux!
„ Archange, Seraphin d'immortelle nature,
„ Je verrai ce ſpectacle & même ſans murmure,

„ Il

„ Il faudra me contraindre & mon jufte courroux...
Il dit, & fuccombant fous fes tranfports jaloux,
Des Efpiits de fon ordre il forme fa Cabale,
Leur fouffle le venin que fa fureur exhale,
Leur dépeint les douceurs du Monde nouveau-né
L'éclat du prémier homme, à leurs yeux couronné,
De la Cour du Très-Haut les louanges pompeufes,
Du propre fils de Dieu les offres genereufes,
Et pour couronnement de l'œuvre de fes mains,
Le bonheur infini qu'il deftine aux humains;
„ Tandis que poffeffeurs de ce haut domicile,
„ Nous cederons la place à cet homme d'argile,
„ Et verrons couronner d'un bras majeftueux
„ De fa pofterité les effaims faftueux!
„ A moi, nobles Efprits, Grandeurs, Thrônes, Puiffances;
„ Pour parer cette injure uniffons nos vengeances;
„ Attaquons ce Mortel, dont la témérité
„ Veut fe faire une entrée à l'immortalité,
„ Et ne fouffrons jamais qu'une fange groffiere
„ De l'Olympe éternel ufurpe la lumiere.
„ Ma colere vous touche & je lis dans vos yeux,
„ D'une même fierté l'éclat victorieux.
    A ces mots les Efprits, époufant fa querelle,
Lui jurent contre l'homme une guerre immortelle;
Ils s'enflament l'un l'autre & l'aveugle fureur
Du Temple de la Paix fit un féjour d'horreur:
Tels qu'on vit autrefois, autour du Sanctuaire,
Ces Lévites fougueux conduits par la colere;
Dans le tems que la flame & la foudre à la main,
Titus croyoit venger l'honneur du nom Romain,
Et vengeoit en effet la gloire & le martyre
Du prémier Fondateur d'un plus augufte Empire;
Oublier tout à coup la majefté des lieux,
Prophaner les parvis du Monarque des Cieux,
Et fe livrant en proye à la Haine perfide,
Mere de la Révolte & du noir Homicide,
Entiainer au carnage un peuple d'ignorans,
Victimes & joûets de ces lâches tyrans:
Ainfi dans le Ciel même, où règne l'innocence,
L'Ange devint Démon & l'Enfer prit naiffance;
L'Olympe en retentit, la foudre & les éclairs,
Pour la premiere fois volerent dans les airs.

                        „ Silence,

„ Silence, dit l'Archange, & qu'un Esprit sublime
„ Sache dissimuler même jusques au crime;
„ Si le Maître des cieux se mettoit en courroux,
„ D'un seul de ses regards il nous confondroit tous.
„ Soyons plus circonspects de peur du précipice,
„ Si la force nous manque employons l'artifice,
„ Flattons l'hûreux mortel dans ses vastes projets;
„ C'est le plus sûr moyen de le perdre à jamais,
„ Et pour rendre sa chute encor plus lamentable,
„ Elevons jusqu'au Ciel son orgueil punissable;
„ Je viens d'ourdir ma trame, Anges, rassurez vous;
„ Dans peu vous apprendrez le succès de mes coups.
    Il dit & dès l'instant signalant son audace,
De l'immense fluide il traverse l'espace;
Les rayons du soleil partant du haut des Cieux
Avec moins de vitesse arrivent en ces lieux,
Et les traits enflamez qu'enfante le tonnerre
Avec moins de fierté sont lancez sur la Terre.
Il tombe en Orient & vole à petit bruit,
Toûjours favorizé des ombres de la nuit,
Jusqu'aux bords de l'Euphrate; où lassé du carnage,
Sur un lict de roseaux dormoit sur le rivage,
Un serpent tortueux, dont le dos émaillé,
De nacre & de sapphir en ovales taillé,
Exposoit aux regards de la Lune attentive
Du fameux labyrinthe une image naïve:
Mais la blanche Phebé rejettant ces couleurs
Sur les ondes du fleuve en traçoit les lueurs.
Ciel! quelle catastrophe! un Ange de lumiere
Se ravale à vos yeux jusques dans la poussiere!
Envie, esprit jaloux, funestes passions,
Reconnoissez le fruit de vos suggestions!
Si vous entrez chez nous par cent routes subtiles,
C'est pour nous transformer en infames reptiles!
    Cependant le Démon à sa perte obstiné,
Dans le corps du Serpent fut à peine incarné,
Que l'animal surpris de sa nouvelle essence
S'éveille & se confond dans son intelligence:
Il croit que c'est un songe & ne peut concevoir
La source des transports qui viennent l'émouvoir.
Il contemple les Cieux, il regarde la Terre;
Et frappé des douceurs de l'astre qui l'éclaire,

                              b

                                              „ Quel

„ Quel prodige! dit il, fuis-je un autre que moi ?
„ Non, mon œil eft fidelle & c'eft moi que je voi:
„ Mais fi c'eft moi qui rampe & qui mords la pouffiere,
„ D'où me viennent ces traits de force & de lumiere?
  L'Ange, de fon côté, fe voyant abruti,
  Se reproche l'objet dont il s'eft travefti;
  Pourquoi? pour fignaler une noire impofture,
  Corrompre l'innocence & flétrir la nature,
  D'un déluge de maux inonder l'Univers,
  Et, nous fermant les Cieux, nous ouvrir les Enfers!
  Quels penfers! quels projets! quelles noires conquêtes!
  Grand Dieu, de fes fureurs garantiffez nos têtes!
    Mais parmi tant d'écueils qui vont fe préfenter,
  L'Adverfaire balance avant qu'éxécuter,
  Quelquefois il recule & fouvent il s'anime,
  Diverfes paffions font fa peine & fon crime;
  Le Dépit furieux, fils de l'Inimitié,
  Surmonte dans fon cœur la crainte & la pitié;
  La Terreur, mais en vain, pour calmer fa colere,
  Lui peint le bras vengeur qui lance le tonnerre;
  Il fe fent immortel & fa perverfité
  Trouve un nouveau renfort dans l'immortalité:
  Nos larmes, nos regrets, nos combats & nos plaintes,
  Lui portent, malgré lui, de nouvelles atteintes;
  Mais toûjours peu fenfible à toutes nos douleurs,
  Il triomphe en fecret de voir couler nos pleurs:
  L'éclat du Fils de Dieu l'irrite & le defole,
  Et quoi qu'il le redoute & tremble à fa parole,
  Il ne fauroit fouffrir les homages divers
  Qu'à fes hautes vertus va rendre l'Univers:
  Le parfum de nos vœux, l'encens de nos louanges,
  Nos cantiques facrez entonnez par les Anges,
  Ces concerts mutuels de la Terre & des Cieux,
  Plus que tout autre objet le rendent furieux.
  Mais il va s'expofer aux traits de fa puiffance . . .
  N'importe, il fe confole au fein de la vengeance.
  Mais la haine perfide aux dehors apparens
  Doit fervir de pâture aux remords dévorans . . .
„ Hé bien! que fous mes pieds il ouvre un noir Tartare,
„ Qu'il redouble les fers que fa main m'y prépare,
„ Que toutes fes fureurs m'y tiennent affiégé;
„ Je ferai malhûreux, mais je ferai vengé.

                        A ces

A ces mots le Serpent, ou pluftôt l'Ange immonde
Exécute fon crime & s'élance dans l'onde,
La rage le tranfporte & les flots allarmez
Remontent à l'afpect de fes yeux enflamez.
Tel qu'on vit en Abyde un amant temeraire,
Du fameux Hellefpont traverfant l'onde amere,
Vers le Phare allumé diriger tous fes pas,
Se joûer à la fois des vents & des frimats,
Et braver les hazards d'une mer courroucée,
Pour courir dans les bras d'une amante infenfée;
Celui-ci devoré de foucis différens,
Du fleuve impétueux furmonte les torrens;
L'un guidé par l'Amour & l'autre par la Haine,
Mais ils courent tous deux à leur perte certaine:
Ainfi précipité dans l'éternelle nuit
Perira l'infenfé que fa rage a féduit.
    Le Démon cependant d'une courfe rapide
Avoit déja franchi la campagne liquide,
Lorfque l'Aftre de jour, en marquant l'Horizon,
Commençoit à dorer la feuille & le gazon,
Que le Ramier plaintif, la tendre Tourterelle,
Soupiroient tour à tour d'une ardeur mutuelle,
Et que le Roffignol du doux chant de fa voix
S'efforçoit d'attendrir les rochers & les bois;
Frappé de ces beaux lieux, enchanté du ramage,
Le Démon fufpendit les tranfports de fa rage:
„ O Terre, ô Paradis, ô champs aimez des Cieux,
„ D'un couple infortuné féjour délicieux;
„ Quand je vois ces vallons, ces campagnes riantes,
„ Ces côteaux, ces guerets, ces plaines verdoyantes,
„ Théatres raviffans de la félicité,
„ Je perds le fouvenir du Ciel que j'ai quitté!
„ Vous perirez pourtant, & vous & votre joye
„ Bientôt de mes fureurs vous deviendrez la proye:
„ Les charmes tranfcendans de ces lieux fortunez
„ A la feule innocence ont été deftinez,
„ Mais ils perdront leur être & leur magnificence,
„ Quand l'homme aura perdu fa premiere innocence,
„ Et dans peu ces côteaux, fuccombant fous mes traits,
„ Ne feront plus couverts que de triftes cyprès:
„ Ces enclos, ces vergers, ces pompeufes allées,
„ Ces ruiffeaux ferpentans dans de longues vallées,

„ Ces

„ Ces bocages fleuris, ces jardins toûjours verds,
„ Ces myrtes, ces lauriers refpectez des hyvers,
„ Cet air doux, ces Zephirs, cette onde claire & pure,
„ Ne font point les joüets d'une aveugle Nature!
„ Dieu préfide en ces lieux & tout ce que j'y vois
„ Découvre à mon efprit la trace de fes doigts.
„ C'eft lui qui d'un feul mot produifant la lumiere,
„ Tira tous ces tréfors du fein de la matiere,
„ Et fans lui la matiere & le fombre Cahos,
„ Des horreurs du néant n'auroient jamais éclos.
„ C'eft lui dont la parole agiffante, efficace,
„ D'atomes infinis inonda cet efpace,
„ Et les diftribuant dans leurs orbes divers,
„ En forma la Nature & peupla l'Univers:
„ Mais fi fa main puiffante en tous lieux étalée
„ S'eft par quelque chef-d'œuvre ici bas fignalée,
„ C'eft dans ce Paradis, où mes yeux délectez
„ De l'Olympe éternel retrouvent les beautez.
„ Ici l'homme tranquile, au fein de l'abondance,
„ N'eft chargé d'autre foin que de fon innocence!
„ Tout refpire ici Dieu, je le voi, je le fens.
„ Du monftre que je traine il pénétre les flancs,
„ Ma préfence le choque & l'air que je refpire
„ Me fouffre avec regret dans cet aimable Empire,
„ La Terre fous mes pas femble fe dérober,
„ Ou, vengeant fon auteur, fe fendre & m'abforber.
„ Depuis que j'ai quitté ma demeure premiere,
„ Que j'ai perdu l'afpect de la pure lumiere,
„ Je n'ai plus de repos & toutes mes fureurs
„ D'un remords éternel m'annoncent les horreurs:
„ Je me trouble moi-même & mon ombre bizarre
„ Me dépeint la noirceur des coups que je prépare;
„ Le foleil m'importune & fes traits gracieux
„ Malgré tous mes tranfports, me font baiffer les yeux.

II.   Il raifonnoit ainfi s'avançant dans la plaine,
Quand il vid tout à coup au bord d'une fontaine,
Dont la fource féconde enfloit divers ruiffeaux,
La Mere des Humains prenant le fraix des eaux,
Les pieds fur le gazon, les yeux fur le rivage,
Dans une onde argentine admirant fon image;

2   Sans

Sans concevoir encor par quel enchantement,
Cette image a percé le liquide élément:
A ces traits immortels diſtinguant ſa victime,
Le Reptile s'enflame & ſa courſe s'anime:
Tel qu'un loup affamé, qui déchire des yeux
La Brebis dont l'aſpect l'a rendu furieux,
Et ſaiſit le moment que le Berger volage,
Oubliant ſon troupeau, ſe perd dans le bocage:
Il gémira bien-tôt de ſes vaines erreurs,
Et ſes chants amoureux ſe tourneront en pleurs!
Ainſi l'Ange enyvré de la folle eſperance
De voir dans ſes filets ſuccomber l'innocence,
Précipite ſa marche & ſon œil enchanté,
A chaque pas qu'il fait, découvre une beauté.
Enfin près du ruiſſeau, théatre de ſa joye,
Il contemple, ou pluſtôt il devore ſa proye;
Les momens lui ſont chers & ce lâche Impoſteur
Commence le combat par ce diſcours flatteur.
„ Reine de ces beaux lieux, où tout ce qui reſpire
„ Honore vos attraits, vous aime & vous admire,
„ Ne vous offencez pas, ſi ma témérité
„ Cherche un nouveau triomphe à ma félicité:
„ De l'Etre Souverain, ſi ſavant & ſi ſage,
„ Tel que vous me voyez, j'adore en vous l'image,
„ Et ſenſible à l'aſpect d'un miracle ſi doux,
„ Si j'oſe ſans témoins me préſenter à vous,
„ Ce n'eſt pas que mon cœur ignore la diſtance,
„ Qu'a miſe entre nous deux la ſuprème puiſſance,
„ Je rampe ſur la Terre & même ſous vos yeux,
„ Et votre auguſte front s'élève vers les Cieux;
„ Tout reſpecte vos loix; le Ciel, la Terre & l'Onde
„ Reconnoiſſent en vous la Maîtreſſe du Monde;
„ Dès que vous paroiſſez, les plus riches couleurs
„ Vont ſe peindre à l'envi ſur nos fruits, ſur nos fleurs,
„ Et les tendres Zéphirs de leurs douces haleines,
„ En flattant vos appas, fertilizent nos plaines:
„ Mais tous les habitans de ces lieux fortunez,
„ D'un rayon de lumiere à peine illuminez,
„ S'ils connoiſſent leur Reine & chantent ſon empire,
„ Ils ignorent l'éclat des tréſors que j'admire!
„ Un homme, un homme ſeul, de vos charmes jaloux;
„ Aux reſpects d'un Amant joint les droits d'un Epoux,

c

„ Et

„ Et près de vos beaux yeux contemplant ce qu'il aime,
„ Se repaît d'un fpectacle envié du Ciel même.
  „ Vous paroiffez furprife aux accens de ma voix....
„ Mais enfin, pour calmer le trouble où je vous vois,
„ Aprenez en deux mots l'hiftoire furprenante
„ Du Reptile parlant que votre afpect enchante:
„ Né brute dans ces lieux, des Animaux des champs
„ J'ai long tems confervé les terreftres penchans,
„ Et fans autre fouci, roulant à l'aventure,
„ Tous mes voeux fe bornoient à la fimple pâture,
„ A moins que détourné par quelque objet nouveau,
„ Tantôt fur la fougere & tantôt fous l'ormeau....
„ Pardonnez, belle Reine, à ma premiere effence
„ Les volages tranfports de mon adolefcence;
„ J'étois brute & l'inftinct dirigeant mes defirs,
„ Mon cœur ne connoiffoit que la loi des plaifirs,
„ Et de bas fentimens mon ame poffedée,
„ Rien de grand, rien de pur n'entroit dans mon idée;
„ Lors qu'un jour par hazard, errant dans ces beaux lieux,
„ Un arbre magnifique ayant fiappé mes yeux,
„ M'infpira le defir de goûter des prémices
„ D'un fruit dont la beauté m'annonçoit les delices:
„ Un fruit, je crois le voir en voyant ces appas!
„ Mais fouffrez qu'aujourd'hui je ne m'éxplique pas.
„ A peine, dans le fort d'une foif véhémente,
„ J'eus goûté de ce fruit la liqueur reftaurante,
„ Que les yeux de l'efprit en moi furent ouverts,
„ Et je me reconnus dans ce vafte Univers!
„ Par la même vertu ma bouche organizée
„ A former tous les fons fe trouva difpofée,
„ Et, recevant alors l'ufage de la voix,
„ Je bénis mon Auteur pour la premiere fois.
„ La Raifon s'empara de toutes mes puiffances;
„ Je fentis naître en moi toutes les connoiffances,
„ Qui loin de fe confondre, augmentant tous les jours
„ Se prêtent l'une à l'autre un mutuel fecours,
„ Et depuis ce moment le Ciel, la Terre & l'Onde
„ N'ont rien de fi caché que mon efprit ne fonde.
„ Mais parmi tant d'objets qui s'offrent à mes yeux
„ Sur l'Onde, fur la Terre & même dans les Cieux,
„ Dans tout ce que renferme un fi puiffant Empire,
„ Je ne vois rien d'égal aux attraits que j'admire,

  " Et

„ Et je ne conçois pas qu'il foit un fort plus doux
„ Que celui de vous voir & d'être aimé de vous.
    „ Vous doutez du prodige & malgré la merveille
„ De la voix d'un ferpent qui frappe votre oreille,
„ De fcrupules divers votre efprit agité
„ Soupçonne encor vos yeux ou ma fidelité?
„ Hé bien, jufques au bout pouffons la complaifance;
„ Triomphons, s'il fe peut, d'un foupçon qui m'offence;
„ Reine, fuivez mes pas; le fruit delicieux,
„ Source de mes talens, eft tout près de ces lieux.
„ Au fommet du côteau, dont la pente infenfible
„ Vient fe perdre à vos pieds dans cette onde paifible,
„ S'élève & fe répend, de tout autre ifolé,
„ Cet arbre glorieux dont je vous ai parlé.
    „ Qu'entend-je, lui dit-elle, & quelle eft cette hiftoire?
„ Si c'eft-là le tréfor dont vous chantez la gloire;
„ Arrêtons, il fuffit; je connois mieux que vous,
„ Cet arbre dont le fruit vous a femblé fi doux,
„ Sachez qu'en cet enclos, témoin de fa préfence,
„ Dieu lui même planta ce fruit d'intelligence,
„ Dont l'amorce fatale à l'infidelité,
„ Du bien comme du mal annonce la clarté,
„ Mais dont le fuc malin, par un décret célefte,
„ D'une mort affurée eft le germe funefte.
    „ Quoi! (reprit le ferpent) en formant ces beaux lieux,
„ On n'auroit confulté que le charme des yeux,
„ Et tant de biens exquis que le Ciel vous préfente,
„ Ne feroient dans le fond qu'un poifon qui vous tente?
    „ Non, non, lui repondit la Mere des Humains,
„ Rendez plus de juftice aux œuvres de fes mains:
„ De tant de fruits divers ces plantes couronnées,
„ Aux délices des yeux n'ont point été bornées,
„ Et le Ciel magnifique en fa bénignité
„ N'en deffend point l'ufage à notre liberté:
„ Un arbre, un arbre feul, parmi tant de richeffes,
„ Ne fauroit amoindrir le fond de fes largeffes,
„ Et dès le jour fatal, qu'au mépris de fa voix,
„ Pour manger de ce fruit nous enfreindrons fes loix,
„ Un trépas fûr & prompt, telle eft fon ordonnance,
„ D'un pareil attentat fera la récompenfe.
    „ Les arrêts du Seigneur font donc bien rigoureux!
(Interrompt le Reptile au venin dangereux)

                            „ Réine

„ Reine de ces climats, que le Ciel même admire;
„ Du Dieu que vous craignez je respecte l'empire,
„ Et malheur à celui dont la témérité
„ Refuse son homage à tant de majesté :
„ Mais enfin pénétrez de sa grandeur suprême,
„ Ecoutons la Raison, elle vient de Dieu même,
„ Et noblement jaloux de ses dons, de nos droits,
„ Aux rayons du bon-sens interprétons ses loix:
„ *Et Toi que je défends, Tige auguste & sacrée,*
„ *Source d'intelligence, où ma bouche altérée,*
„ *Qui n'y cherchoit d'abord qu'un suc délicieux,*
„ *A trouvé le nectar dont on s'enyvre aux Cieux;*
„ *Si par toi s'élevant du sein de la matiere,*
„ *Mon ame transportée au sein de la lumiere,*
„ *Connoit enfin le prix de tes rares trésors;*
„ *De ta vertu secrette anime les ressorts;*
„ *Ajoute à mes raisons les graces du génie,*
„ *Et fais voir aujourd'hui ta puissance infinie.*
„ Reine du Paradis, encor pour cette fois,
„ Daignez prêter l'oreille aux accens de ma voix,
„ Et souffrez que mon Zèle, agissant sans contrainte,
„ Dissipe les frayeurs dont votre ame est atteinte,
„ Et vous rende le calme & la sérénité
„ Qui font le plus haut point de la félicité.
„ Vous mourrez, vous dit-on. Ah! comment peut-on croire
„ Qu'un fruit si merveilleux enrichit la mémoire,
„ Ouvre l'intelligence, & des biens & des maux,
„ Pour diriger nos pas, nous trace les tableaux,
„ Si dans le même instant cette douce ambrosie,
„ Déployant sa vertu nous arrache la vie?
„ Non, non, le fruit divin d'où naît tant de clarté,
„ Ne peut avoir en soi tant de malignité.
„ C'est donc l'arrêt d'enhaut, du Maître du tonnerre,
„ Qui fait trembler les Cieux & dissoudre la Terre,
„ Et qui peut, quand il veut, domptant les élémens,
„ Convertir en poison les plus purs alimens;
„ Mais ce terrible arrêt, que la peur vous rappelle,
„ Auroit dû s'accomplir dans ma bouche rebelle;
„ Et voyez cependant ce qu'a produit en moi
„ Ce fruit pernicieux interdit par la Loi:
„ J'étois brute & mon ame à ramper condamnée,
„ Dans les antres obscurs trainant sa destinée,

„ Ignoroit

„ Ignoroit fon effence & ne penfoit jamais
„ Au Principe immortel, auteur de ces bienfaits:
„ Mes dents portoient la mort & ma bouche inhumaine
„ De fes longs fifflemens épouvantoit la plaine;
„ Mes penfers étoient bas, terreftres & pervers;
„ Enfin j'étois aveugle & mes yeux font ouverts.
„ Je voi, J'entend, je penfe & ma langue favante
„ Enonce à point nommé ce que mon cœur enfante;
„ La Nature m'écoute & ces agneaux paiffans,
„ Pour entendre ma voix, laiffent l'herbe des champs,
„ Je vis dans la lumiere & mes clartez fublimes
„ Des myfteres profonds pénétrent les abimes.
„ Je traverfe l'efpace en Aigle genereux,
„ Et, perçant j'ufqu'au fein de l'Etre bien-hûreux,
„ J'y contemple fa gloire au milieu des Archanges,
„ Et mon cœur eft ému du bruit de fes louanges !
„ Je fçai l'age du Monde & les tems & les jours,
„ Où ces Orbes pompeux ont commencé leur cours:
„ De ce vafte Univers j'ai conçu la ftructure:
„ Le Soleil dans le centre éclaire la Nature:
„ Il brille par lui-même & fon activité
„ Par tout répend la joye & la férénité:
„ Ces Orbes amoureux de fa vive lumiere
„ Sans ceffe autour de lui dirigent leur carriere:
„ L'un fe roule fi près du centre lumineux,
„ Que fa clarté s'éclipfe ou fe perd dans fes feux;
„ Un autre à notre afpect ne paroit qu'une Etoile,
„ Que le Jour nous dérobe & la Nuit nous dévoile:
„ La Terre où nous vivons, dans un cercle plus beau,
„ Roule fur elle-même autour du grand flambeau;
„ Brillante d'un côté, de l'autre obfcure & fombre,
„ Le Soleil fait fon jour, elle-même fon ombre;
„ Mais cette ombre & ce jour, dans leurs droits limitez,
„ Recouvrent tour à tour les lieux qu'ils ont quittez:
„ La Lune aime la Terre & cet Orbe fidelle
„ Borne toute fa gloire à rouler autour d'elle,
„ Et profite en roulant des regards les plus doux
„ De l'Aftre que la Terre a choifi pour Epoux;
„ Et des mêmes rayons dont leurs orbes fe dorent,
„ Réfultent ces reflets dont leurs nuits fe décorent.
„ Un autre égal à nous, dans fon cours ifolé,
„ D'aucune lune encor ne s'eft vû confolé:

d

„ D'autres

„ D'autres en ont plufieurs à diverfe diftance:

„ Le dernier en a cinq, dont la magnificence

„ Me ravit en éxtafe & chante à pleine voix

„ De la main du Trés-Haut la gloire & les exploits.

„ Je pouffe encor plus loin mes recherches profondes;

„ Chaque Etoile eft un aftre éclairant d'autres Mondes,

„ Qui dans l'Efpace immenfe artiftement placez

„ A nos foibles regards font encore éclipfez;

„ Leur diftance les cache & la nuit la plus belle

„ Ne nous montre un foleil que comme une étincelle,

„ Nous voyons les plus grands, ou les moins éloignez,

„ Sans voir les autres corps qui leur font affignez.

„ Mais toutes ces grandeurs des Anges célébrées

„ Sont encore ici bas des beautez ignorées;

„ Et fans l'arbre divin qui deffilla mes yeux,

„ Je n'aurois point compris ces merveilles des Cieux.

„ Mais je reviens à vous, Reine augufte & touchante;

„ Dont la douceur m'attire & la pudeur m'enchante.

„ En qui le Ciel prodigue a placé des talens,

„ Qu'on chercheroit en vain dans ces Mondes roulans:

„ De Vous, de votre Epoux, je connois l'origine;

„ Son corps né du limon loge une ame divine;

„ Je fçai qui le forma lui-même de fes doigts,

„ Et qui forma pour lui les appas que je vois!

„ Immortelle union des deux premieres ames,

„ Qui pourroit éxprimer la douceur de vos flames!

„ Et ces regards flatteurs & ces tendres foupirs,

„ Et ces vifs entretiens, fource des vrais plaifirs,

„ Et ces foins empreffez d'une ardeur éternelle,

„ Toûjours ingénieufe & toûjours mutuelle!

„ Quel Ange, quel Efprit pourroit d'un nœud fi doux,....

„ Ici mon art fuccombe & j'en fçai moins que vous.

„ Mais fi tel que je fuis, brute abjecte & groffiere,

„ Sur cet arbre cheri j'ai trouvé la lumiere,

„ Si je dois à fon fruit ma gloire & mon flambeau,

„ Que fera-ce d'un Etre & plus grand & plus beau?

„ Dieu peut-il envier à fa vivante image,

„ Des biens qu'il abandonne à la brute fauvage?

„ Non, vous n'en mourrez point; de fi rigoureux coups

„ Ne feront point frappez par une Pere fi doux:

„ Mais il fçait que ce fruit, qu'il feint fi redoutable,

„ Pour vous, comme pour moi, nectar inénarrable,

„ Déployant

„ Déployant ſes vertus & ſa force aujourd'hui,
„ Vous ſerez Dieux vous-même & ſemblables à lui.
„ Entre nos deux objets égale eſt la diſtance ;
„ J'ai cherché la Raiſon, vous la divine eſſence ;
„ Et ſi j'ai pû franchir juſqu'à l'humanité,
„ Vous atteindrez ſans doute à la divinité.
„ Il eſt vrai, d'un reptile, horreur de la nature,
„ Encor pour quelque tems je garde la figure ;
„ Mais de ces vils liens mon eſprit dégagé,
„ Dans un vaiſſeau plus pur bien-tôt ſera logé ;
„ Je ſuis né pour connoître & mon intelligence
„ D'un ſort plus éclatant me répond par avance.
„ Mais vous, Reine du Monde & chef-d'œuvre des Cieux,
„ Vous pouvez prendre un vol encor plus glorieux,
„ Et ſuivant les conſeils que ma voix vous propoſe,
„ Jouir dès à preſent de votre apothéoſe ;
„ De l'Etre tout-parfait emprunter les vertus
„ Et briller à nos yeux de ſes hauts attributs:
„ Il eſt vrai, ce beau corps, ce Temple de lumiere ;
„ Tiendra pour quelque tems encore à la pouſſiere ;
„ Il eſt poudre lui-même & doit s'évaporer ;
„ Mais l'ame eſt immortelle & ne peut s'alterer.
„ D'un ténébreux Cahos cette Terre produite,
„ Dans ſon premier néant un jour ſera réduite ;
„ Mais l'Eſprit infini qui meut cet Univers,
„ D'un Monde chancelant ne craint point les revers:
„ Les Anges, purs rayons de ſa divine eſſence,
„ Doivent tout leur éclat à ſa munificence,
„ Et ſon Fils éternel, tout brillant de ſes traits,
„ Compte ſes attributs au rang de ſes bienfaits.
„ A cet Etre ſublime, à ce fils adorable,
„ Dans peu, n'en doutez point, vous deviendrez ſemblable,
„ Et puiſant, comme lui, dans la Divinité,
„ Vous contemplerez tout dans ſon immenſité.
„ J'ai fourni ma carriere, allez remplir la vôtre,
„ Rendez vous au pluſtôt céleſtes l'un & l'autre,
„ Et goûtant de ce fruit ſi cher aux immortels,
„ Souffrez que mon encens brule ſur vos autels.
     Ainſi parla le Monſtre au langage hypocrite.
     Dans le fond de ſon cœur Eve déja ſéduite,
     Sur cet arbre funeſte avoit les yeux fixez
     Et bruloit d'aſſouvir ſes deſirs inſenſez.

                                        Car

Car tandis que la bête au venin peftifere
De fes illufions encenfoit notre Mere,
Ils alloient l'un & l'autre & s'avançoient toûjours
Vers la tige fatale au repos de nos jours.
Enfin fur le fommet du côteau mémorable
Où devoit fe paffer la fcene lamentable,
„ Quel triomphe, dit-elle, & qu'il me fera doux
„ D'éprouver les vertus qu'il a produit en vous,
„ De connoître aujourd'hui, plus favante & plus fage,
„ Du bien comme du mal & la fource & l'ufage ;
„ Du bien, pour l'accomplir; du mal, pour l'éviter ;
„ Quel plus rare tréfor pourrois-je fouhaiter ?
„ Et quel plaifir plus grand pour une ame bien née,
„ Que de joindre aux douceurs d'un nouvel hymenée
„ Les lauriers d'un Epoux, ma joye & mon appui,
„ Le placer fur le trône & règner avec lui ?
„ Enfin j'en fuis certaine & mon impatience
„ S'animant du fuccès de votre éxperience,
„ Je me livre au torrent & fous vos étendars
„ J'envifage la gloire & crains peu les hazards.
    Elle dit & foudain d'une main facrilège
Arrachant l'interdit s'abima dans le piége ;
Le grand aftre du jour, à cette énormité,
Sous un nuage obfcur déroba fa clarté ;
Le côteau s'en émut & la tige étonnée
Frémit contre la main qui l'avoit prophanée;
Le tonnerre gronda, la foudre & les éclairs,
A fes yeux deffillez peignirent les enfers.
Le Ciel verfe fes fleaux, la grêle & les orages
Sur les fruits, fur les fleurs, exercent leurs ravages,
Et les fiers Aquilons par la foudre animez
Defolent les guerets que Dieu même a femez.
La Nature confufe & prefque en défaillance
De fon Maître irrité devina la vengeance;
Les tygres furieux, les lions rugiffans,
Gemirent aux clameurs des taureaux mugiffans;
Le milan carnaffier & le vautour avide
Refpecterent alors la colombe timide,
Et le loup raviffeur, pour la premiere fois,
De fes longs hurlemens fit retentir les bois:
Les oifeaux d'alentour auffitôt s'envolerent,
Et les Renards craintifs dans leurs trous fe coulerent:

Mais

Mais l'Archange fourit à cet affreux revers,
Et quittant fon vaiffeau triompha dans les airs.
Grand Dieu! qui pourroit dire, ou qui pourroit comprendre
Les ravages d'un cœur qui s'eft laiffé furprendre?
Où trouver des crayons, des couleurs ou des traits,
Pour peindre ces remords enfans de nos forfaits?
Ces foucis devorans, ces gênes, ces tortures,
Ces préludes amers des vengeances futures?
La honte & les regrets d'un devoir négligé,
La préfence d'un Dieu lâchement outragé,
D'un perfide attentat la trame confonduë,
Et les triftes débris d'un gloire perdue!
Eve, qui gémiffez fous le poids des douleurs,
Je partage vos maux & je verfe des pleurs!
Dieu même, à cet afpect, fufpendant fa colere,
Touché de vos foupirs, fe fouvint d'être Pere:
Il impofa filence à la foudre, aux éclairs,
Et le calme auffitôt revint dans l'Univers.

TANDIS que notre Mere interdite, abattuë; **III.**
Soupire fous les traits du remors qui la tuë;
D'une abfence cruelle Adam tout allarmé,
Profite des momens où le Ciel s'eft calmé;
Tel qu'un Berger fidele errant fur la bruyere
Gémit d'avoir perdu fa brebis la plus chere,
Et demande aux Echos touchez de fes douleurs
S'ils n'ont point apperçu le fujet de fes pleurs?
Ou tel que la plaintive & tendre Philomele,
A qui du Jardinier la main dure & cruelle,
A peine encore éclos vient d'ôter fes petits,
Les cherche aux environs, les demande à grands cris,
Et ne les trouvant point, négligeant fa pâture,
De fes chants douloureux attendrit la Nature;
Tel & plus trifte encor le Pere des humains
Portoit par tout fes yeux & fes pas incertains,
Et conjuroit le Ciel d'une voix éplorée
De rendre à fes foupirs fon Epoufe égarée.
Il arrive à la fin & trouve fous fes yeux
D'un funefte attentat les fignes odieux:
Il frémit, tout fon fang fe glace dans fes veines,
Et prêt à fuccomber fous le faix de fes peines,

e   Plus

LA CHUTE

Plus foible qu'un roseau terracé par les vents,
Il éxprima sa plainte en ces tristes accens.
„ Ciel, qui voyez mon sort, est-ce là cette Epouse,
„ De ma félicité, de sa gloire jalouse?
„ Est-ce là cet appui, ces jours si fortunez,
„ Qu'en la formant pour moi vous m'aviez destinez?
„ Helas! qui n'auroit cru qu'une Epouse si chere,
„ Attentive à vos loix, toûjours sage & severe,
„ Contente des trésors à ses voeux éxposez
„ N'eut détesté des fruits anathématizez?
„ Quel Ennemi barbare, outrageant vos ouvrages,
„ A pû sur ces beaux yeux répendre ses nuages,
„ Et poussant jusqu'au bout sa maligne fureur,
„ Remplir ces doux climats de tristesse & d'horreur?
„ Je ne vois qu'un Reptile, honte de la nature,
„ Qui craignant mon courroux se perd dans la verdure!
„ Sans doute un Esprit noir, chassé du haut des Cieux,
„ Est venu de son fiel infecter ces beaux lieux,
„ Et trop foible pour vous, dans sa lâche insolence,
„ Sur l'œuvre de vos mains a tourné sa vengeance?
„ Eve, répondez moi; votre aspect desolé
„ Augmente la terreur dont je suis accablé?

    Qu'une ame criminelle est facile à confondre!
Eve baissa la tête & ne pût rien répondre,
Et cédant sous le poids de ses vives douleurs,
Pour toute apologie elle versa des pleurs.
Mais son silence même & ses torrens de larmes
D'un Epoux consterné redoublent les allarmes;
Elle parle à la fin, mais par mots échappez
Et de profonds soupirs toûjours entrecoupez:
„ Armé de tous les traits d'une langue subtile,
„ Un monstre, reprit elle, un infame reptile,
„ Est venu pour me perdre & ce lâche Imposteur
„ N'a pas cherché long-tems le foible de mon cœur!
„ Epargnez, Cher Epoux, à mon ame affligée,
„ Le détail des forfaits où je me suis plongée:
„ Du Maître Souverain foulant aux piez les loix,
„ J'ai voulu de sa gloire usurper tous les droits,
„ Et donnant dans l'appas d'un Traître qui m'encense,
„ J'ai perdu ma couronne avec mon innocence!
„ En un mot j'ai vécu, la honte & les remords
„ M'ouvrent dès à présent un chemin chez les morts.

„ La

„ La Terre que je vois, le Ciel que j'envifage,

„ Ces bocages facrez, autrefois mon partage,

„ Cet ami, ce foutien; car pour le nom d'Epoux,

„ J'ai perdu tous mes droits à des titres fi doux!

„ Tous ces divers objets, quand je les confidere,

„ Aggravent mon opprobre & comblent ma mifere.

„ Eve, répond Adam, des pleurs fi genereux

„ Moderent la rigueur de mon fort douloureux,

„ Et ces gémiffemens dont mon ame foupire,

„ De mon cœur abattu vous confervent l'empire!

„ J'ai craint notre Ennemi, j'ai prévu fes affaults,

„ Et partagé moi-même aujourd'hui tous vos maux.

„ A peine le Soleil commençoit à renaître,

„ Qu'affoupi mollement fous l'ombrage d'un Hêtre,

„ Je fongeois qu'un Serpent, fource de nos malheurs,

„ Careffoit mon Epoufe & lui portoit des fleurs,

„ Se furpaffoit lui-même & par un vrai miracle

„ D'un reptile parlant lui donnoit le fpectacle;

„ Le traître de ma voix imitant les doux fons

„ Amufoit fon efprit de fes vaines chançons;

„ Quand tout à coup flatté du fuccès de fon zéle,

„ Il s'éleve, fe plie & s'élance fur elle,

„ Vife droit à fon fein, objet de fes fureurs,

„ Et d'une bouche impure y grave les horreurs.

„ J'accours pour la venger; mais la bête rampante,

„ Du fang de mon Epoufe encor toute fumante,

„ Tourne auffitôt vers moi fes regards furieux;

„ Ce n'eft plus un Serpent, c'eft un monftre odieux:

„ Son œil eft plein de meurtre & fa bouche infernale

„ Infecte tous mes fens du venin qu'elle éxhale.

„ Cependant je m'approche, &, fûr d'en triompher,

„ Je frappe l'ennemi que je veux étouffer:

„ Il recule & foudain rallumant fon audace,

„ Se jette fur mon corps, dans mes bras s'entrelace,

„ Et de fes durs liens retenant mon courroux,

„ Elude ma vengeance & brave tous mes coups.

„ Grand Dieu! que je fouffris fous le faix de fes chaines!

„ Quelle fut ma terreur fous fes dents inhumaines,

„ Quand je vis ce barbare en fa ferocité

„ Se joûer des efforts de mon bras irrité!

„ Mais tandis que trop foible à parer cet outrage,

„ Sur le point d'éxpirer je me livre à fa rage;

„ Tandis

„ Tandis que le perfide, alteré de mon fang,
„ Va joûir de fa proye & me percer le flanc;
„ Au fort de mon angoiffe & de ma défaillance,
„ Un noble defefpoir confola ma vengeance:
„ *Je meurs*, lui dis-je alors, me fentant déchirer,
„ *Mais je verrai ta chute avant que d'éxpirer*;
„ *Et mon ame, à fon tour, témoin de ta défaite,*
„ *Te voyant confondu, partira fatisfaite!*
„ *Dieu jufte, exaucez moi*; *dans le fond de mon cœur*
„ *Rappelez mon audace & rendez moi vainqueur!*
„ A ces mots, tranfporté d'une promte colere,
„ Contre l'arbre interdit j'écrafe l'adverfaire:
„ Il voulut m'échapper, mais fes nœuds compliquez
„ Du poids de ma fureur furent bientôt tronquez:
„ Tous fes membres épars enfanglantent la plaine,
„ Mais fa tête en tombant marquoit encor la haine!
„ Je m'éveille, & déja la foudre & les éclairs
„ Ne faifoient plus qu'un feu de ce vafte Univers:
„ Je tremble à cet afpect, mais ma gloire jaloufe
„ Au milieu des éclairs cherche encor mon Epoufe;
„ Mon fonge m'épouvante, & l'orage paffé,
„ Je trouve en arrivant ce qu'il m'a dénoncé.

      Eve lui répondit: "De fi dures allarmes
„ Vont ouvrir une fource éternelle à mes larmes!
„ Hélas, pourquoi faut-il, trop genereux Epoux,
„ Que l'horreur de mon fort réjailliffe fur vous,
„ Et qu'éxemt des fureurs d'une femme coupable,
„ Vous partagiez le faix du malheur qui l'accable?
„ Il eft vrai, de deux cœurs l'un pour l'autre formez,
„ Et des mêmes ardeurs l'un & l'autre enflamez,
„ L'union folemnelle a fur eux tant d'empire,
„ Qu'ils ne font plus qu'un cœur; & fi l'un d'eux foupire,
„ L'autre, de fon côté, fenfible à fes douleurs,
„ Y répend auffitôt le baume de fes pleurs:
„ Mais d'un nœud fi parfait la gloire & l'excellence
„ Pour foutien de fes droits fuppofe l'innocence:
„ Mais j'ai perdu la mienne & mon crime à jamais
„ Vous dégage envers moi de ces tendres regrets:
„ Au milieu des noirceurs dont mon ame eft atteinte,
„ Helas! dans cet état puis-je encor être plainte!
„ Non, non, vivez hûreux, c'eft trop vous attendrir;
„ Oubliez cette injure & laiffez moi mourir.

                                                „ Le

„ Le Ciel, dans son courroux tôujours juste & fidelle,

„ Bénira l'innocent, s'il confond la rebelle;

„ Et pour vous consoler, formant d'autres amours,

„ Il saura bien sans moi vous rendre vos beaux jours!

„ Un seul penser me reste, en ce malheur éxtrême,

„ Qui soutient ma langueur au sein de la mort même:

„ Infidelle à mon Dieu, fidelle à mon Epoux,

„ Mon cœur dans ses transports n'a brulé que pour vous,

„ Et si dans ses erreurs mon ame s'est flattée;

„ C'est votre gloire enfin que j'avois projettée;

„ Vous regniez dans mon cœur, vous regniez dans ces lieux,

„ Mais je voulois encor vous voir regner aux Cieux.

„ Pardonnez, juste Ciel, un aveu trop sincere;

„ Adorant cet Epoux, ne songeant qu'à lui plaire,

„ A des honneurs si hauts destinant mon vainqueur,

„ Je voulois m'assurer l'empire de son cœur!

„ Je rougis de excès de ma flame égarée;

„ Mais malgré les remors dont je suis déchirée,

„ Mon amour se renforce & mon cœur aujourd'hui,

„ S'il gémit devant vous, soupire encor pour lui!

    En achevant ces mots, ses yeux baignez de larmes

Expriment sa tendresse & redoublent ses charmes;

Et l'Epoux pénétré de ses pleurs douloureux,

Y répond par des traits encor plus généreux:

„ Chere Epouse, dit il, ou juste ou criminelle,

„ Vous serez de mon sort la Compagne éternelle!

„ Non que mon amitié, palliant vos erreurs,

„ D'un projet si superbe excuse les fureurs;

„ Trop facile à prêter l'oreille à l'imposture,

„ Au Ciel, à votre Epoux, vous avez fait injure;

„ Et pour combler ma gloire, ou flatter votre orgueil,

„ Vos mains, vos propres mains ont dressé mon cercueil:

„ J'admire l'attentat d'une Ange temeraire!

„ Mais laissons le passé, que le Ciel, ni la Terre,

„ Unissant leurs efforts, ne sauroient rappeler;

„ C'est assez d'amertume, il faut nous consoler.

    „ Votre tendre amitié m'enjoint de vous survivre:

„ Et la mienne aujourd'hui m'ordonne de vous suivre:

„ Le Ciel qui vous forma lui-même de ses mains,

„ Vous donna pour compagne au premier des Humains,

„ Et couronnant mes vœux par un doux hymenée,

„ *A cet objet*, dit-il, *je joins ta destinée*;

f

„ Dès

„ Dès-lors vous futes mienne, & fier de ces beaux yeux,
„ Ma tête triomphante atteignit jusqu'aux Cieux !
„ Vivre à côté de vous, vous voir & vous entendre,
„ A toûjours fait depuis mon plaifir le plus tendre ;
„ J'en attefte ces yeux, interprètes des miens ;
„ Combien de fois ravis, dans nos doux entretiens,
„ Oubliant nos guerets, nos jardins & nos treilles,
„ Nos moutons, nos agneaux, nos ruches, nos abeilles,
„ Enfin le monde entier, l'un & l'autre charmez
„ De l'unique plaifir d'aimer & d'être aimez,
„ Jufqu'à la fin du jour prolongeant notre fête,
„ La brillante *Venus* nous trouva tête à tête ?
„ Momens délicieux, chers à mon fouvenir,
„ Seriez vous donc paffez pour ne plus revenir !
„ Non, non, malgré la voix terrible & menaçante,
„ Malgré notre Ennemi, mon Epoufe eft vivante :
„ Je vois les mêmes traits & les mêmes appas,
„ Excepté la langueur que je ne voyois pas.
„ Son cœur qui pour le mien inceffamment foupire !
„ De l'Olympe a voulu me procurer l'empire !
„ A ce cœur magnanime, où gît tant de grandeur,
„ Pourrois-je refufer l'empire de mon cœur ?
   „ O Ciel, dont j'ai reçu ce don pour mon partage,
„ Détruirois-tu ces traits où brille ton image ?
„ Le Juge a prononcé, mais le Pere, à fon tour,
„ Ne peut-il faire grace aux fruits de fon amour ?
„ Ah ! Seigneur, que diroit le jaloux adverfaire,
„ S'il nous voyoit en proye au feu de ta colere ?
  „ *Déja du haut des Cieux*, diroit cet Infenfé,
  „ *Dans fon premier courroux, l'Eternel m'a chaffé :*
  „ *Aujourd'hui fur la Terre éxerçant fa juftice,*
  „ *Il n'a fait qu'un tombeau d'un jardin de délice !*
  „ *Cet Homme fi cheri, cette tendre moitié,*
  „ *Si dignes de fes foins, au moins de fa pitié,*
  „ *Ce couple fi brillant, fleur de fa créature,*
  „ *Formé pour dominer fur toute la Nature,*
  „ *A peine de ces lieux connoiffant les appas,*
  „ *Sous fa main l'un & l'autre ont trouvé le trépas :*
  „ *De ce Feu devorant qui fait trembler l'Abime,*
  „ *Qui fera deformais la prochaine victime ?*
  „ *Les Anges dans le Ciel foumis, obéïffans,*
  „ *Seront-ils affez purs devant fes yeux perçans ?*

                                     „ *Et*

„ *Et les Séraphins même, en ce haut sanctuaire,*
„ *Pourront ils s'assurer du bonheur de lui plaire?*
„ Seigneur, dont les bontez s'élèvent jusqu'aux Cieux,
„ Epargne à ton grand nom ce langage odieux,
„ Confond cet opiniâtre ennemi de ta gloire,
„ Et du côté des tiens fais pencher la victoire:
„ Ou, s'il faut qu'aujourd'hui, dans ton juste courroux,
„ Une Epouse coupable expire sous tes coups,
„ Pardonne aux doux transports d'une flame si belle,
„ Si tu l'as prononcé, que je meure avec elle!
„ Ayant perdu ma joye & ma félicité,
„ Que ferois-je, Seigneur, de l'immortalité?
„ Ces valons, ces côteaux, ces verdoyantes plaines
„ Ne feroient qu'augmenter mes soupirs & mes peines,
„ Et sans cesse à mon cœur rappelant mes amours
„ De leur pompe importune attristeroient mes jours,
„ Et dans ces mêmes lieux, temoins de mes délices,
„ Mon ame à chaque pas trouveroit des supplices:
„ Et quand même mon cœur par tes soins soulagé
„ Dans ces vastes Jardins trouveroit tout changé,
„ Quand tout y reprendroit la plus noble apparence,
„ De quoi me serviroit tant de magnificence?
„ Solitaire ici-bas qui pourroit être hureux?
„ Le Ciel même, à ce prix, me feroit onéreux!
„ Il est vrai que ta main toûjours tendre & fidelle,
„ M'auroit bientôt pourvû d'une Epouse nouvelle;
„ Mais qui peut se flatter, que plus souple à ma voix
„ Elle observeroit mieux tes leçons & tes loix?
„ Ah! Seigneur loin de nous de pareilles allarmes,
„ Prend pitié de nos maux & pardonne à ces larmes;
„ Ce tendre & doux objet à mes vœux attaché
„ Ne sauroit de mon cœur jamais être arraché;
„ Son sort sera le mien & la gloire & la vie
„ Ne sont plus rien pour moi si la sienne est ravie!
„ Eve, à ces sentimens connoissez votre Epoux,
„ Résolu de mourir où de vivre avec vous!
    Il dit & de sa voix la douceur pénétrante
    Attendrit & ranime une Epouse mourante:
    Ainsi qu'un lumignon dans sa foible splendeur
    Des larmes de l'olive emprunte son ardeur,
    Et jette aux environs cette douce lumiere,
    Dont le baume liquide est la baze premiere;

                                              Ainsi

Ainſi d'un cœur conſtant les ſentimens non-feints
Rendent tout leur éclat à des yeux preſqu'éteints!
Aux véhémens tranſports d'une amitié ſi belle,
Eve ſe ſent ravie & ſe livre à ſon zele;
„ O tendre & cher objet, lui dit-elle à ſon tour,
„ Quand pourrai-je imiter un ſi parfait amour?
„ Exemple unique encor d'une flame ineffable,
„ Pour les ſiécles futurs à jamais mémorable!
„ O modele accompli de généroſité,
„ Plus digne que jamais de l'immortalité!
„ Adam, pouvant ſurvivre à ma fin douloureuſe,
„ Veut bien juſqu'au tombeau ſuivre une malhûreuſe!
„ Sans conſulter ſes droits, conſulte ſa pitié,
„ Couvre tous mes forfaits de ſa tendre amitié,
„ Et veut qu'un même ſort, règlant nos deſtinées,
„ Détermine en commun nos jours ou nos années,
„ Et qu'un même cercueuil, uniſſant nos deux cœurs,
„ Confonde pour jamais notre cendre & nos pleurs!
„ Cher Epoux, cher Objet de mon ame ravie,
„ Je t'ai donné la mort, tu me donnes la vie!
„ Et ces hauts ſentimens que tu viens d'étaler,
„ Dans mes derniers ſoupirs pourront me conſoler!
„ De toi j'ai pris naiſſance & ſi la main céleſte
„ A façonné ces traits, je te dois tout le reſte!
„ J'étois faite pour toi, mais d'un vil impoſteur
„ Je n'ai que trop goûté le poiſon ſéducteur:
„ Mais quand ma vanité dans le piége ſuccombe;
„ Quand je vois ſous mes pas déja s'ouvrir la tombe;
„ Quand du Maître des Cieux le bras déja levé
„ Me reproche l'affront dont il s'eſt vû bravé;
„ Quand tous les Elemens, les éclairs, le tonnerre,
„ Epouſant ſon courroux, me déclarent la guerre;
„ Quand la Nature entiere, aiguiſant tous ſes traits,
„ M'annonce des remors dignes de mes forfaits;
„ Toi ſeul, mon cher Epoux, dans ces dures allarmes,
„ Senſible à mes douleurs, tu prends part à mes larmes;
„ Et quand tout l'Univers conſpire à m'accabler,
„ Ton amitié me reſte & vient me conſoler!
„ O ſoupirs! ô regrets! ô larmes répenduës!
„ O pitié! pour jamais ſeriez vous donc perduës!
„ Non, ſans doute & le Ciel qui forma nos deux cœurs,
„ D'un œil indifférent ne voit point tant de pleurs!

Elle

Elle dit & cédant au feu qui la devore,
S'approche & tend les bras à l'objet qu'elle adore;
Et trouvant un appui dans le fein d'un Epoux,
Attendrit l'Univers d'un fpectacle fi doux:
Ainfi l'un près de l'autre à leurs regards en proye,
Ils confondent des pleurs d'amertume & de joye.
„ C'en eft fait, dit l'Epoux de tendreffe enyvré,
„ Jufques dans le cercueil, Eve, je fuivrai;
„ A ma vie, à mon fort, funefte ou favorable,
„ Donne moi de ce fruit à mes yeux délectable.
Elle en donne, elle en prend, & ce fruit malhureux
Dans de nouveaux tranfports les replonge tous deux.
Avides, infenfez, leur bouche diffolue
Avale fans frémir le venin qui les tue,
Et ne s'apperçoit pas que ce fruit féducteur
Renferme un ver fubtil qui va ronger leur cœur.
Ainfi d'un vin fumeux les vapeurs pétulantes
Animoient autrefois ces folâtres Bacchantes,
Et leur faifant trouver divin, delicieux,
Ce jus toûjours fertile en éxcès odieux,
Attiroient fur leurs pas ces Satyres lubriques,
Complices & joûets de leurs fureurs Bachiques;
Ainfi nos deux Epoux fur cet arbre infecte
Trouvent le pur nectar de l'immortalité.
Quelle force! quel feu! leurs cœurs s'épanouiffent,
Les foucis pour un tems au loin s'évanouiffent,
Et la liqueur traîtreffe enflamant leurs efprits,
Ils prennent pour un Dieu le jus dont ils font pris.
C'eft ainfi qu'entrainé par l'amorce du crime
On croit monter au Ciel en tombant dans l'abime.
Déja d'un œil ardent les regards enflamez
Portent jufques au cœur leurs traits envenimez;
Déja par tant d'objets, dévoilez, pleins de charmes,
La Pudeur eft vaincuë & fe trouve fans armes,
Déja l'Efprit fuccombe & fes traits impuiffans
S'éteignent dans l'yvreffe, offufquez par les fens;
Déja de tous côtez une flame funefte
Embrazant les dehors menace tout le refte.
Ce n'eft plus cet Epoux fage, majeftueux,
Dans fes vives ardeurs toûjours refpectueux;
Ce n'eft plus cette Epoufe à l'œil fimple & pudique,
Qui logeoit dans fon cœur l'innocence Angelique;

g   Ce

Ce n'eſt plus cet amour doux, chaſte, moderé,
Appanage des Cieux, en ce Monde ignoré;
C'eſt un feu devorant, une fougue prophane,
Que la Raiſon proſcrit & la vertu condane,
Une rage effrenée, une courte fureur,
Enfant de l'Amour propre & frere de l'Erreur.
Ainſi nos deux Epoux, ſenſuels, idolâtres,
S'émancipent enfin & deviennent folâtres,
Et ſe livrant en proye au gré de leurs deſirs,
Ils ne reſpirent plus que de honteux plaiſirs.
Mais déja le Soleil, au fort de ſa carriere,
Semble éteindre ſa gloire & cacher ſa lumiere,
Des nuages épais, jaloux de ſon flambeau,
D'un voile tenebreux couvrent tout le côteau,
L'arbre même interdit étendant ſes branchages
Semble vouloir encor épaiſſir les nuages;
Les fleurs vont ſe faner & du fond des enfers
Une noire vapeur ſe répend dans les airs:
On dit qu'à cet aſpect l'Innocence éplorée
A l'inſtant prit ſon vol vers la voute azurée.

IV.   Du Démon cependant les forfaits odieux
Soulevoient contre lui tout l'Empire des Cieux,
Et lui-même étonné du ſuccès de ſon crime,
Ne parut qu'en tremblant dans la plaine ſublime,
Interdit & confus, loin du trône écarté,
Evitant les rayons de la Divinité,
Et, malgré ſa cabale autour de lui rangée,
Succombant ſous le faix dont ſon ame eſt chargée.
Tel qu'aux yeux du Sénat le fier Catilina,
Trahi par ſes remords, pâlit & friſſonna,
Et ne pouvant tenir contre tant de lumiere,
S'enfuït hors des murs rejoindre ſa banniere.
Ainſi dans l'Empyrée un lâche ſéducteur
Ne ſoutint pas long-tems les yeux du Créateur?
    Dans le Conſeil auguſte où ce grand Dieu préſide,
La Vérité triomphe & l'Equité décide,
Et ſes juſtes arrêts ſur des Tables gravez
Au Temple des Deſtins ſont toûjours préſervez:
C'eſt-là que ſont écrits nos vertus & nos vices,
Nos attentats ſecrets, nos fougues, nos caprices:

Les

Les Mortels par leur nom y font tous défignez:
Les Grands & les Petits n'y font point épargnez,
Chacun a fon article & la houlette même
Y paroit au niveau du triple-diadème;
Et c'eft en balançant ces articles divers,
Qu'un jour le Fils de Dieu jugera l'Univers.
„ Mon Fils, dit le Seigneur, que j'aime & que j'honore,
„ Epris de tes vertus fi l'Archange t'adore,
„ Ce n'eft pas fans raifon, je brille dans tes yeux,
„ Et chacun voit mes traits fur ce front glorieux:
„ Sois juge du prodige: un Ange de lumiere,
„ Sur le point d'accomplir la célefte carriere,
„ Et d'emporter le fceau de la fidelité,
„ En recevant de moi l'infailibilité,
„ D'une fureur jalouze allant jufques au crime,
„ Du faîte de la gloire eft tombé dans l'abime;
„ Eblouï des honneurs fur fa tête entaffez,
„ Son orgueil aujourd'hui les a tous effacez:
„ Rebelle envers fon Maître, au Genre-Humain perfide,
„ Il vient de s'abrutir pour un lâche homicide,
„ Et couvert des noirceurs que rien ne peut laver,
„ L'ingrat dans ces hauts lieux vient encor me braver.
„ Mon Fils, fur qui ma gloire à jamais fe repofe,
„ Tes jugemens font droits & tu fçais toute chofe;
„ Venge moi, venge nous & qu'un traître odieux
„ N'ofe plus reparoître ici devant mes yeux:
„ Et vous, Miniftres faints, prompts, céleftes, agiles,
„ Allez, partez, volez, à fes ordres dociles;
„ Soyez touchez des maux d'un couple malhûreux,
„ Et réparez la brèche en freres généreux.
„ Pere, répond le Fils, l'honneur & la puiffance
„ T'appartiennent en propre, à moi l'obéïffance;
„ Commande & j'obéïs; dans tes juftes defirs
„ Je trouverai l'objet de mes plus doux plaifirs:
„ Oui, Seigneur, contre un lâche & cruel Adverfaire
„ Je vais prendre ta caufe & fervir ta colere;
„ Mais dans tes jugemens, toûjours plein d'équité,
„ En confondant l'impie & fa malignité,
„ Du lumignon qui fume épargne l'étincelle,
„ Et ne rejette point le rofeau qui chancelle!
„ Quand pourrai-je, pour toi fignalant mes ardeurs,
„ Du feu de ton amour embrazer tous les cœurs!

A ces

A ces mots les Efprits, les Séraphins, les Anges,
Du Monarque des Cieux célèbrent les louanges:
„ A celui qui fit tout & fubfifte à jamais:
„ A fon Fils bien-aimé tout brillant de fes traits,
„ A l'Efprit immortel de la divine effence,
„ Appartiennent l'empire & la magnificence.
„ Soleil, Lune, habitans de ces orbes divers,
„ Pour chanter fes vertus uniffons nos concerts,
„ C'eft lui qui donne à tous la lumiere & la vie,
„ Et l'Efpace eft rempli de fa gloire infinie!

    Mais tandis que d'un chant fublime, harmonieux,
Les Séraphins ravis font retentir les Cieux,
De l'Ange féducteur les bandes allarmées
Frémiffent à l'afpect des céleftes armées:
Deja le Fils de Dieu volant de tous côtez,
Forme fes bataillons contre les révoltez.
Déja même en marchant fes deux ailes s'étendent
Et droit vers l'Ennemi fur les flancs fe répendent:
Il refte dans le centre & voit de toutes parts
Sur les plaines d'azur flotter fes étendars.

    Ce fpectacle le touche & fûr de la victoire,
„ Chérubins, leur dit-il, compagnons de ma gloire,
„ Vous voyez l'Impofteur chancelant devant vous,
„ Qui tremble & va plier fous le poids de nos coups:
„ Sous vos yeux, fous les miens, cette bande infidelle
„ Contre leur bienfaicteur aujourd'hui fe rebelle;
„ Ils n'ont pour tout appui qu'un lâche defefpoir,
„ Et nous avons pour nous la gloire & le devoir:
„ D'un Ange tenebreux ils fuivent les bannieres,
„ Et nous fuivons les droits du Pere des lumieres.
„ Archanges, favoris du Monarque des Cieux,
„ Venez & faifons voir à ces audacieux,
„ A ces Efprits jaloux qui bravent fa puiffance,
„ De leur pouvoir au fien quelle eft la différence;
„ Vous les verrez tomber du haut Ciel dans les airs
„ Comme tombe la feuille au retour des hyvers.

    Il dit & le fignal par fes ordres fe donne,
Le clairon retentit, la trompette réfonne,
Le fer brille & chacun les armes à la main
S'avance & fait trembler le fleau du Genre-Humain,
Il pâlit à leur vuë & regrette la gloire
Dont le prive à jamais une trame fi noire.

   2   Cependant

Cependant confirmé dans fes lâches forfaits,
Il fe met en defenfe & prépare fes traits :
Mais fes traits repouffez fur lui-même retombent;
Ses Generaux tremblans à fes côtez fuccombent:
Bahal eft abattu, Mammon eft renverfé,
Et l'impur Afmodée au loin s'eft éclipfé;
Ses foibles légions, dès la charge premiere,
Ayant perdu leur Chef, reculent en arriere,
Le defordre s'y jette & leurs rangs confondus
Ne font voir qu'un débris de bataillons rompus,
Dans le tems qu'il gémit du fuccès de fes armes,
Aftarot effoufflé porte d'autres allarmes:
„ L'aile droite a plié, laiffant de toutes parts
„ En proye à Raphaël fes plus beaux étendars,
„ C'eft un jeune Lion, avide de carnage,
„ Dont rien ne peut dompter l'impétueufe rage:
„ Bergers, brebis, moutons, tout cède à fa fureur;
„ Et moi-même en fuyant j'en fuis faifi d'horreur!
L'aile gauche, à fon tour, par Michel foudroyée
Dès le premier affault recule dévoyée:
Python, qui la défend, honteux, déconcerté,
Se retire en tremblant par la foule emporté:
Mais plus vite qu'un trait, plus prompt que le tonnerre,
L'Archange furvenant lui fait mordre la terre.
Dagon, à cet afpect, interdit, ébloui,
Fait un pas en arriere & tombe évanoui.
Nul ne reçoit la mort, mais de larges bleffures
Defhonorent leurs traits & changent leurs figures.
Il eft vrai que déja, par un noir attentat,
De leur beauté premiere ils ont perdu l'éclat,
Mais un crime nouveau fignalant fes outrages,
D'une jufte laideur augmente les ravages.
Ainfi livrez en proye aux remords déchirans,
On voit les Affaffins fur la roue expirans:
Les fléches du Très-haut dans fon ire trempées
Achevent d'effarer leurs faces écharpées,
Et depuis ce tems-là ces Efprits tenebreux
N'ofent plus fe montrer fous cet afpect affreux.
    Cependant tout fuccombe & les noires phalanges
Abandonnent la place & la gloire aux bons Anges.
Molock, le feul Molock, dans fa rage obftiné,
Parmi tant de revers eft le moins confterné,

2   h   Et

Et toûjours dans le centre au fort de la mêlée
Perfifte aux yeux de tous dans fa rage aveuglée,
Et bravant le Vainqueur par d'outrageux propos,
Ofe lui demander le combat en champ clos:
Mais lui, fans s'étonner d'une vaine infolence,
Accepte le défi, lui préfente la lance;
Fait figne aux environs de fufpendre les coups,
Et ce dernier éxploit va les couronner tous.
L'un d'un tigre irrité nous préfente l'image,
L'autre d'un fier Lion nous montre le courage;
L'un refpire la haine & l'animofité,
Et l'autre la candeur avec la majefté;
Le defefpoir affreux & la rage perfide
Compofent tous les traits de l'Archange homicide,
Mais l'autre en fon afpect plus grand, plus glorieux,
D'un feul de fes regards lui fait baiffer les yeux,
Et fufpendant le bras de fa jufte colere,
A deffein, pour un tems, femble le laiffer faire.
Le barbare en abufe & ces traits de grandeur,
Au lieu de le confondre, irritent fa fureur.
Il éguife fes traits & d'une main robufte
Les lance avec effort fur le Vainqueur augufte:
Un de ces traits porta, mais le fer enfoncé,
En perçant la cuiraffe en fut tout émouffé.
Le fang coule, il gemit & la bande rebelle
Commence à refpirer de fa frayeur mortelle;
„ Courage, dit Molock, la victoire eft à nous,
„ Le fuperbe vainqueur va tomber fous mes coups!
Auffitot de leurs cris tous les Cieux retentiffent,
L'Adverfaire triomphe & les Anges gémiffent:
Le Fils de Dieu lui-même, ayant perdu la voix,
Du trait qu'il a reçu foupire par trois fois.
Ses yeux à demi-clos fe couvrent d'un nuage,
Le Soleil de juftice a caché fon vifage;
Dieu s'émut & fon trône en ces triftes momens
Trembla plus d'une fois jufques aux fondemens;
Sa voix fe fit entendre, & toute la Nature
Offrit fon miniftere à venger cette injure.
Mais le divin foleil ranimant fa clarté
Reprit bien-tôt fa gloire & fa vivacité.
„ C'eft fouffrir trop long-tems un Rival temeraire;
„ Ma clemence fe laffe, exerçons ma colere:

„ Voyons

„ Voyons fi ce prophane & cruel deſtructeur,
„ De mon bras irrité ſoutient la pezanteur.
   Il dit, & de ſa main s'arrachant cette flèche,
   Dont l'armure divine a ralenti la brèche,
   Il vole à l'ennemi, le pourſuit dans les rangs,
   Le heurte, le terraſſe & lui perce les flancs,
   Avec ce même fer que la haine & l'envie
   Avoient cru ſi funeſte au Prince de la vie.
   Il gémit à ſon tour & pouſſe dans les airs
   Des cris qu'on entendit juſques dans les enfers.
   Sa bouche enſanglantée écume encor de rage,
   Ses yeux encore en feu reſpirent le carnage,
   Et ſes ſourcis affreux dans leur énormité
   Se froncent de colere & de férocité.
   Son ame encor tient bon, mais ſans ceſſe elle exhale;
   Le ſouffle envenimé d'une haine brutale:
   La Diſcorde bruyante & la noire Fureur
   De leurs ſerpens brulans font ſiffler la terreur;
   Mais de ſes propres mains deſarmant ces Megeres,
   Le vainqueur des Démons écraſe leurs viperes;
   Briſe leur attirail & ſur les réchappez
   Décoche tous les dards que leurs mains ont trempez.
      C'eſt alors qu'on ouit de cent bouches affreuſes
   S'élever dans les airs ces clameurs douloureuſes;
„ Montagnes, couvrez nous, & vous, ſacrez côteaux,
„ Dans les flancs de la Terre ouvrez nous des tombeaux,
„ Ou du moins à ces traits, à ces armes ſublimes,
„ Dérobez nos terreurs, notre honte & nos crimes;
„ Sauvez nous à jamais de ces yeux menaçans,
„ Dont les traits ſont encor mille fois plus perçans!
      Leurs voeux ſont éxaucez; le Ciel s'ouvre, & la Terre
   De ſon orbe flottant leur offre l'hémiſphere.
   Ils reſpirent entr'eux voyant le ſein des Mers,
   Le Ciel leur eſt à charge & le fond des enfers
   Leur paroit préférable à ces hauts domiciles,
   Qui ne ſont deſtinez qu'aux cœurs purs & tranquiles.
„ Partez, retirez vous, Monſtres dévorateurs,
„ Dans le puits de l'abime allez ronger vos cœurs,
„ Et ne préſumez pas, dit le Saint & le Juſte,
„ De vous montrer jamais dans ce pourpris auguſte:
„ Sinon... mais il vaut mieux retenir mes tranſports
„ Et vous laiſſer en proye à vos propres remords!

                                                „ Ainſi

„ Ainſi ſoit confondu le Rebelle, ou le Traître,
„ Qui lève l'étendart contre ſon propre maître.

    Ils tombent, & le Ciel refermant ſes lambris,
S'épure pour jamais de ces malins Eſprits.
Les Anges, couronnez des mains de la victoire,
Vont porter leurs lauriers aux piez du Roi de gloire,
Qui ſéant ſur ſon trône & plein de majeſté,
Leur donne à tous le ſceau de la fidelité;
Et, plaçant ſon Unique à ſa droite puiſſante,
„ C'eſt mon FILS, leur dit-il, mon image vivante,
„ Seraphins, adorez-le & que chacun de vous,
„ Pour gagner ma faveur, embraſſe ſes genoux.
„ Je veux que deſormais, armé de mon tonnerre,
„ Il déclare au perfide une immortelle guerre,
„ Qu'il dirige à ſon gré les peuples & les Roix;
„ Qu'il faſſe reſpecter ma puiſſance & mes droits;
„ Qu'au milieu des revers, des tenebres, des vices,
„ La vertu dans les cœurs conſerve ſes délices:
„ Que la Juſtice regne & que tous les mortels
„ Epris de ſes attraits embraſſent ſes autels;
„ Qu'on adore mon Fils de l'un à l'autre Pole,
„ Qu'en tous lieux ſes Heraults annoncent ſa parole,
„ Et que l'homme confus de ſes fantomes vains,
„ Briſe à ſes piez des Dieux fabriquez de ſes mains:
„ Je veux qu'aux bons propice, aux iniques ſevere,
„ L'Orphelin qu'on opprime en lui retrouve un Pere,
„ L'Etranger un appui, la veuve un Protecteur,
„ Et le mourant fidelle un doux Conſolateur.

    A ces mots les Eſprits, les Séraphins, les Anges,
Du Monarque éternel célébrent les louanges,
Et ſon Fils entouré de ſes Anges divers,
Des yeux & de la voix anime leurs concerts:
„ ARCHANGES *du Dieu Fort, dans ce jour plein de gloire,*
„ *Du Seigneur*, diſoient ils, *célébrons la victoire,*
„ *Et diſons tour à tour, que fidelle & clément*
„ *Sa bonté pour les ſiens jamais ne ſe dément.*
„ *Sublimes* SERAPHINS, *aſſemblée immortelle,*
„ *Redoublons nos tranſports, ſignalons notre zele,*
„ *Et que chacun de nous, avec raviſſement,*
„ *Diſe que ſa bonté dure éternellement.*
„ ANGES *reſplendiſſans, pénétrez de ſa crainte,*
„ *Et toûjours ſi ſoumis à ſa volonté ſainte,*

                      „ *Excitons*

„ *Excitons nous l'un l'autre à chanter hautement*
„ *Que sa bonté subsiste invariablement:*
„ *C'est le Maître des Cieux, le Créateur suprême;*
„ *De toute éternité son essense est la même,*
„ *Célébrons son Empire & disons constamment*
„ *Que son trône subsiste inébranlablement.*
„ *O qu'hureux est celui de qui l'humble innocence*
„ *Sur son bras paternel a mis son assurance!*
„ *Il pourra nous instruire & nous dire comment*
„ *Sa bonté pur les siens veille journellement.*
„ *En vain du Tentateur la rage envenimée*
„ *Contre son Fils unique opposa son armée;*
„ *Son bras victorieux s'est montré seulement,*
„ *Et tous ont disparu de ce haut firmament.*
„ *O vous, dont la fureur injuste & temeraire*
„ *Au Roi qu'il vient d'élire ose faire la guerre,*
„ *Cruels, vous perirez & dans son jugement*
„ *Vous ne pourrez jamais subsister un moment:*
„ *Mais le Juste assuré sous sa main bienfaisante,*
„ *Portera dans les Cieux sa tête triomphante,*
„ *Et l'Univers entier, frappé d'étonnement,*
„ *Dira que sa bonté dure éternellement.*
Ainsi tout penetrez de sa grandeur immense,
Ils célébroient sa gloire & sa magnificence.

Mais tandis que des chants les plus mélodieux,   V.
Les Séraphins ravis font retentir les Cieux;
La Troupe des Demons ici-bas descendue,
En mille endroits divers se trouva répendue,
Les uns sur l'Océan, d'autres dans les forêts,
Sur les monts, sur les rocs, aux champs, dans les marais,
Du Détroit au Levant, de l'un à l'autre Pole,
Sans guide sur le sec & sur mer sans boussole;
N'ayant pour tout soutien qu'une immortalité,
Qui prolonge leur peine à perpetuité.
Leur Prince cependant, aux plaines Moabites,
Ramassoit les débris de ses bandes proscrites,
Et dans tous les climats détachant ses Coureurs,
Méditoit contre nous de nouvelles horreurs.
Déja de tous côtez ses cohortes altieres
Vont joindre en arrivant leurs chefs & leurs bannieres.

i   Le

Le Jour chaſſe la Nuit & l'aſtre aux cheveux blonds,
Sur ces Anges affreux répendant ſes rayons,
Pour la premiere fois vit ſa gloire flétrie
Par l'attentat nouveau de leur Idolatrie:
Mais le Maître des Cieux, par un juſte retour,
Les privera bien-tôt de la clarté du jour
    Les Démons raſſemblez, chacun reprit ſa place.
Satan, à cet aſpect, rallumant ſon audace,
Sur un trône hériſſé de cent monſtres hideux,
Pour ouvrir ſon Conſeil s'aſſit au milieu d'eux.
Là, frémiſſant trois fois du ſuccès de ſes armes,
Il tâcha par ces mots de calmer leurs allarmes:
„ Hauts & puiſſans Eſprits, dont la noble fierté
„ Peut réſiſter en face à la Divinité,
„ Et de qui la valeur & l'audace ſuprème
„ Dans le ſein de ſa gloire ont fait trembler Dieu même:
„ Courage, nous vivons, &, malgré tous ſes traits,
„ Nous voici tous encore auſſi forts que jamais!
„ Amis, ſouvenons nous, ſi le fort nous affronte,
„ Que c'eſt dans les revers qu'un grand cœur ſe ſurmonte.
„ L'Olympe nous échappe, il eſt vrai; mais ces lieux
„ Qu'avoient-ils deſormais qui pût plaire à nos yeux?
„ Un Maître deſpotique, arbitre du tonnerre,
„ Toûjours le bras levé pour nous faire la guerre;
„ Un Favori vainqueur, qui déja ſous ſes piez
„ Voit d'un œil triomphant les Cieux humiliez,
„ Et qui voudroit encor, enflé de ſa victoire,
„ Nous voir tous proſternez pour contempler ſa gloire,
„ Et nous faire remplir cent Cantiques divers
„ Du bruit de ſa louange & du poids de nos fers!
„ Qu'il garde ces honneurs pour ces Eſprits ſerviles,
„ Qu'un ſi long eſclavage a rendus ſi dociles;
„ J'y renonce à toûjours & ſûr de votre appui,
„ Je ſaurai me paſſer de ſa gloire & de lui.
„ Qu'on vante ſes vertus & ſa magnificence,
„ J'aime mieux moins d'éclat & plus d'independance,
„ Et s'il faut vivre au Ciel pour ramper ſous ſes loix,
„ Je préfere avec vous ces deſerts & ces bois.
„ Au moins nous regnerons; les antres de la Terre
„ Nous mettront à l'abri des feux de ſon tonnerre,
„ Et ſans craindre les coups de ſa ſeverité,
„ Nous perdrons les Mortels & leur poſterité;

                                        „ Ainſi

„ Ainſi dans ces bas lieux ſignalant nos ravages,
„ Nous ferons juſqu'au Ciel réjailler nos outrages.
„ Déja, vous la ſavez, la victoire eſt à nous:
„ La tige a ſuccombé ſous le poids de mes coups,
„ Et tous ſes rejettons frappez de l'anathème,
„ Auront le même ſort que la tige elle-même.
„ Ce n'eſt pas encor tout; Démons, pour nous venger,
„ Dans un plus grand abime il faudra les plonger.
„ Ici, puiſſans Eſprits, pour adoucir ma peine,
„ Souffrez que ma fureur implore votre haine:
„ Le ſuperbe Vainqueur, pour croizer nos deſſeins,
„ Prendra, n'en doutez point, le parti des Humains,
„ Et tout fier des lauriers dont ſa tête eſt couverte,
„ Il ébranlera tout pour prévenir leur perte:
„ Mais il aura beau faire & toute ſa pitié
„ Ne les ſauvera pas de mon inimitié.
„ Déja du Paradis l'Innocence éxilée
„ A repris le chemin de la voute étoilée:
„ La playe eſt trop profonde & mes vigoureux traits
„ Ont porté trop avant pour en guérir jamais.
„ Du Monarque offenſé l'implacable juſtice
„ Les bannira bien-tôt du ſéjour de délice,
„ Et les faiſant paſſer dans ces ſauvages lieux,
„ D'un ſpectacle ſi doux conſolera nos yeux.
„ La Mort, monſtre nouveau, qui me doit la naiſſance,
„ Les ſoucis devorans, la langueur, l'indigence,
„ Dans ces vallons de deuil les ſuivant pas à pas,
„ De leurs tourmens divers rempliront ces climats;
„ Et la poudre orgueilleuſe, en ſes projets fruſtrée,
„ Dans ſon premier néant ſera bien-tôt rentrée.
„ Nous verrons tous ces maux, avides ſpectateurs,
„ Et nous triompherons d'en être les auteurs.
„ Mais c'eſt peu que ces maux, ſi le crime, à la tête,
„ D'un triomphe ſi pur ne conſomme la fête.
„ Non, le fer & le feu, les tourmens, les douleurs,
„ Les deſaſtres, l'exil, le ſupplice & les pleurs,
„ Ne ſont rien pour une ame où regne l'innocence;
„ Mais le crime à jamais étouffe l'eſperance.
„ Amis, vers cet objet redoublons nos tranſports,
„ Dans le cœur des mortels excitons les remords,
„ Et falut-il périr avec eux dans l'abime,
„ En dépit du Ciel même éternizons le crime.

Ainſi

Ainſi parla le Monſtre & ſes yeux enflammez
Sembloient dans ce moment deux charbons allumez.

    D'un ton plus aigre encor & d'un œil plus farouche,
Le poil tout hériſſe, Molock ouvrit la bouche:
,, Prince de la Vengeance & vous, fameux Guerriers,
,, Dont les ſiécles futurs chanteront les lauriers,
,, Si du Maître des Cieux le Favori terrible
,, L'emporte, ce n'eſt pas que ſon bras invincible,
,, Ou plus fort que le nôtre, ait pû, dans ſa fureur,
,, Dans mon ame indomptée imprimer la terreur;
,, C'eſt là loi du Deſtin, ou pluſtôt la colere
,, De ce Dieu tout-puiſſant qui fait trembler la Terre:
,, C'eſt lui, n'en doutez point, dont la haute vertu
,, A ſauvé l'Ennemi ſous mes traits abatu.
,, Son ame par trois fois ſur ſes levres errante
,, Juſqu'au ſein de ſon pere a jetté l'épouvante,
,, Et ſans le prompt ſecours du Monarque des Cieux,
,, Vous l'auriez vû tomber moribond ſous mes yeux.
,, Ah! que ne puis-je encor, dans ces plaines liquides,
,, Eprouver ſur ſon flanc mes fléches homicides!
,, Vous me verriez bien-tôt, promt à vous devancer,
,, Juſques dans ſon Palais l'atteindre & le forcer,
,, Et me laiſſant conduire aux tranſports de ma rage,
,, Inonder ſes parvis de ſang & de carnage!
,, Mais quoi! dans mes fureurs ne puis-je vous toucher?
,, Démons, n'oſerions nous au Ciel l'aller chercher,
,, Et du haut firmament ſurmontant la barriere,
,, Nous ouvrir juſqu'au trône une large carriere?
,, Mais je vois qu'au ſeul nom de ces fatals lambris,
,, Un noir frémiſſement a ſaiſi vos eſprits;
,, Hé bien! n'en parlons plus: Fixez ſur cette Terre,
,, Déclarons aux Humains une immortelle guerre.
,, Notre prince a déja frappé les prémiers coups;
,, Imitons ſon exemple & ſervons ſon courroux.
,, Qu'en ce Monde à jamais la haine & la diſcorde
,, Renverſent tous les droits de la Miſéricorde:
,, Que le Frere jaloux contre ſon frere aigri,
,, Par la voix de ſon ſang ne ſoit point attendri:
,, Que le Pere barbare & fougueux dans ſon zèle,
,, Immole ſes enfans encore à la mammelle;
,, Cet homage m'eſt dû: que le Fils, à ſon tour,
,, S'arme contre le ſang qui lui donna le jour:

                                          ,, Que

2

„ Que la Mere inhumaine, ou^trageant la Nature,

„ Sur les fruits de son sein se venge d'un parjure:

„ Que l'Homme mange l'homme & qu'en divers climats

„ Il en fasse sa proye & ses plus doux repas.

„ Qu'en tous lieux les Mortels, victimes de leur haine,

„ A leur perte acharnez ensanglantent la scene:

„ Que l'Epouse innocente, ou son Mari jaloux,

„ Et souvent l'un & l'autre, éxpirent sous mes coups:

„ Que l'Epoux allarmé d'une indiscrete flamme,

„ Plonge le fer vengeur dans le sein de sa femme:

„ Que la femme, à son tour, en proye au Favori,

„ A sa flame funeste immole son Mari:

„ Que le Fils irrité, dans les flancs de sa Mere

„ Enfonce le poignard teint du sang de son Pere:

„ Qu'à toutes mes fureurs promt à s'habituer,

„ On apprenne en tous lieux l'art de s'entretüer:

„ Que le bronze & le fer par cent bouches ardentes

„ Précipitent les coups de mes armes tonnantes:

„ Que d'illustres Brigands, des bouts de l'Univers,

„ Traversent pour me suivre & les monts & les mers,

„ Et sans cesse alterez de meurtre & de carnage,

„ Du sang des malhûreux ils repaissent leur rage:

„ Que le Monde à la fin sous leur glaive abattu,

„ Contre ses Oppresseurs rappele sa vertu,

„ Et leur fasse éprouver l'atteinte de l'épée,

„ Du sang des Citoyens encor toute trempée;

„ Que ces fameux éxploits, en tumultes féconds,

„ De la Discorde en pleurs rallument les tisons,

„ Et qu'au joug du Tyran, que le fer extermine,

„ Succédent les horreurs d'une guerre intestine,

„ Où d'injustes Rivaux, partageant leurs larcins,

„ Livrent leurs amis même au fer des assassins,

„ Et qu'après les complots d'une trève infidelle,

„ Leur fureur se déclare & le glaive étincelle:

„ Que les peuples lassez de ces Maîtres divers,

„ En rompant leurs liens tombent sous d'autres fers:

„ Qu'arbitre de ses loix, la Licence anarchique

„ Les replonge aussitôt sous le joug despotique,

„ Et que ce joug fatal, par moi-même inventé,

„ Aggrave leur opprobre & leur calamité:

„ Que cent Princes jaloux, pour un arpent de terre,

„ Se livrent aux hazards d'une immortelle guerre;

k   „ Ou

„ Ou qu'armez en tous lieux, dans le sein de la Paix,
„ Ils disputent toûjours sans s'accorder jamais:
„ Qu'une guerre de l'autre incessamment renaisse;
„ Que les hostilitez recommencent sans cesse,
„ Et qu'enfin les Mortels, joûets de mes fureurs,
„ Ne puissent voir tarir ni leur sang, ni leurs pleurs.

En prononçant ces mots d'un air brusque & farouche,
Les flames lui sortoient des yeux & de la bouche,
Et la Troupe barbare à ces durs sentimens
Prodigua, sans rougir, ses applaudissemens.

Molock ayant fini, le fameux Asmodée
D'une voix plus humaine éxposa son idée:
„ Monarque de ces lieux & vous, divins Esprits,
„ Laissons-là, croyez moi, ces sublimes lambris.
„ Le Ciel jadis pour nous si fécond en délices,
„ Ne pourroit nous offrir que d'éternels supplices,
„ Et l'on vous a fait voir, ce me semble, aujourd'hui,
„ Qu'on ne peut être hûreux en dépendant d'autrui.
„ Tout change avec le tems & nous changeons peutêtre:
„ Asservis autrefois sous l'empire d'un Maître,
„ Nous bénissions nos fers; notre félicité
„ Nous sembloit concentrée au sein de sa clarté,
„ Et nos cœurs prévenus pour sa face adorable
„ Ne concevoient loin d'elle aucun plaisir durable:
„ D'autres tems, d'autres soins; éxilez dans ces lieux,
„ Je ne regrette plus cette clarté des Cieux,
„ Et, s'il faut vous ouvrir mon ame toute entiere,
„ Le grand éclat me gène & je hais la lumiere:
„ Ses rayons importuns perçant jusques au cœur,
„ En découvrent le foible & souvent la noirceur.
„ J'aime une clarté douce & toûjours moderée,
„ D'un voile gracieux legerement ombrée,
„ Qui relève l'objet & loin de m'éblouïr,
„ M'adoucisse les traits dont mes yeux vont joûir.
„ Molock voudroit encor, dàns l'ardeur qui l'inspire,
„ Du Monarque des Cieux escalader l'empire,
„ Et nous associant à toute sa fureur,
„ Nous conduire avec lui jusqu'au fort du Vainqueur:
„ Mais, avec le respect que je dois à sa rage,
„ Il suit moins sa raison que son noble courage,
„ Et ne se souvient pas, dans ses bouillans accès,
„ Que chassé de l'Olympe on n'y rentre jamais.

„ Quand

„ Quand nous pourrions tromper tant de gardes fidelles,
„ Quand nous pourrions percer ces voutes éternelles,
„ Pourrions nous soutenir, avec ces bataillons,
„ Le bras victorieux de tant de légions?
„ Je tremble quand j'y pense, & l'on voudroit encore
„ Nous livrer à ce feu qui consume & devore,
„ Retourner faire face au Dieu de l'Univers,
„ Pour lui ravir le trône & le charger de fers!
„ Il est vrai, de son Fils on a percé l'Egide,
„ Il a pâli trois fois sous le dard homicide:
„ Mais sans prétendre ici de nos vaillans guerriers
„ Offusquer la splendeur ou flétrir les lauriers,
„ Qui nous assurera que ce Fils invincible
„ Daignera nous admettre & se rendre accessible?
„ Il l'a fait, j'en conviens, pour nous éprouver tous,
„ Et nous faire avoüer le foible de nos coups;
„ Mais bien-tôt sa douceur cédant à sa colere,
„ Démons, quel appareil! quel traits! quel adversaire!
„ Quel foudre! ou serions nous, si ces brillans lambris
„ Ne se fussent ouverts pour sauver nos débris?
„ Amis, laissons le Ciel tranquile sur nos têtes,
„ Et cherchons ici-bas de plus douces conquêtes.
„ Pour moi, souffrez mon foible, ou ma sincerité;
„ J'aime mieux moins de gloire & plus de volupté;
„ Si l'on en croit Molock, pour fonder notre Empire,
„ Il faut tout saccager, tout tüer, tout détruire,
„ Le carnage lui plaît & je vois qu'aujourd'hui,
„ Charmez de ses fureurs vous pensez comme lui:
„ J'admire les transports d'une haine si juste;
„ Mais aussi permettez qu'en ce Sénat auguste
„ Mon zèle se déclare avec vous sans détour,
„ Et pour servir le haine introduise l'amour.
„ L'Homme en sortant des mains de la toute-puissance,
„ Jouissoit d'une pure & céleste innocence,
„ Et dans un cœur fidelle à la Divinité
„ Trouvoit un sûr garand de l'immortalité;
„ Mais depuis que sensible aux soupirs d'une femme,
„ Pour la suivre au cercueil il a perdu son ame,
„ Ils sont tous deux mortels & leurs tristes neveux
„ Rentreront tôt ou tard dans la poudre avec eux:
„ Et si du Genre-Humain la mort est le partage,
„ Amis, qu'est-il besoin de meurtre & de carnage?

„ Sans

„ Sans être moins cruels, foyons plus raffinez;
„ Loin de finir les maux de ces Infortunez,
„ Prolongeons leurs combats & leurs peines ameres,
„ Qu'ils pleurent à loifir les crimes de leurs Peres.
„ La vie eft un fupplice au pécheur rebutté,
„ Et la mort un bienfait qu'il n'a pas mérité.
„ Laiffons faire le Ciel, ou pluftôt la Nature,
„ Qui faura bien fans nous s'armer pour notre injure:
„ L'Enfance aura fes cris, fes foibleffes, fes pleurs;
„ La Jeuneffe, fa fougue & fes folles ardeurs ;
„ L'Age-mûr, fes befoins, fes projets, fes chimeres,
„ Ses déboires affreux, fes revers, fes miferes;
„ La Vieilleffe, à fon tour, arrivant à pas lents,
„ Apportera la crainte & les maux accablans.
„ Par cent combinaifons d'erreur ou de foibleffe,
„ De caprices divers, d'audace ou de foupleffe,
„ De foupçons, de defirs, de honte & de malheuis,
„ Nous verrons les Humains en proye à leurs douleurs;
„ Et tel qui brillera d'un triple diadème,
„ Dans le fond de fon cœur portera l'anathème,
„ Et malgré tout l'éclat de fon front couronné,
„ Il maudira le jour dans lequel il eft né.
„ De tant de malhûreux gémiffans fous leurs chaines,
„ N'allons point terminer les crimes & les peines;
„ Pour goûter le plaifir de les voir defolez,
„ Attendons que leurs maux fe foient accumulez;
„ Ils préviendront affez de leurs mains parricides,
„ Et notre impatience & nos traits homicides:
„ Mais pour faire durer le fpectacle à nos yeux,
„ Arrêtons, s'il le faut, leur bras audacieux,
„ Et ménageant les coups de nos armes fatales,
„ Accordons aux Humains quelques bons intervales;
„ Qu'ils reprennent courage & que les doux Zéphirs
„ Faffent enfler leur voile au gré de leurs defirs;
„ Que les Ris & les Jeux, l'Amour & les Délices,
„ Démons malicieux, formez fous mes aufpices,
„ Leur faifant avaler le plus fubtil poifon,
„ D'une fureur nouvelle enyvrent leur raifon.
„ C'eft alors qu'on verra, de l'un à l'autre Pole,
„ Les Mortels affemblez autour de mon Idole,
„ Prodiguer leur encens & dans leurs chants divers
„ M'invoquer fous le nom du Dieu de l'Univers.

                                             „ Je

„ Je triomphe en voyant cette foule empreſſée,
„ Et je compte pour rien ma fortune paſſée!
„ Déja le premier homme eſt ſoumis à mes loix;
„ Bien-tôt je ſoumettrai les peuples & les Roix.
„ L'Homme & l'Adoleſcent, la Matrone & la Veuve,
„ Et l'Infante, à ſon tour, ſubiront mon épreuve;
„ Et les ſoins vigiláns d'un Jaloux aux aguets
„ Hâteront ma victoire & le jeu de mes traits.
„ La laideur, la baſſeſſe & les voutes obſcures
„ Ne garentiront point les cœurs de mes bleſſures,
„ Et ſouvent le Captif, chargé de ſes liens,
„ Croira ſe ſoulager en tombant dans les miens.
„ J'aime à voir ces Heros, ces Pontifes, ces Princes,
„ Quitter, pour me ſervir, le ſoin de leurs provinces,
„ Aux yeux d'une Affranchie expoſer leur ardeur,
„ Et ramper ſous mon joug au ſein de la grandeur.
„ J'aime à voir cette Reine en Eſclave ſoumiſe,
„ Mendier les faveurs d'un cœur qui la mépriſe,
„ Et ſouvent effrenée en ſes honteux deſirs,
„ Des plus abjets des ſiens partager les plaiſirs.
„ J'aime à voir ce vieillard déja près de la tombe,
„ Surpris dans les filets où le jeune ſuccombe,
„ Et le jeune & le vieux gémir dans les tourmens
„ Que mes traits empeſtez préparent aux amans.
„ Je me prête à leur joye, à leurs danſes folâtres,
„ Pour éxercer mes traits j'élève des théatres,
„ Je préſide à leurs jeux & mes voeux les plus doux
„ C'eſt de les renvoyer tout percez de mes coups!
„ Pour tromper la pudeur & ſauver ſes allarmes,
„ Quelquefois je déguiſe, ou je couvre mes armes,
„ Mais mes traits décochez ſous ces maſques obſcurs,
„ En deviennent encor plus mortels & plus ſurs.
„ Chançons, contes en vers, galantes poëſies,
„ Sont le fruit de ma veine & mes œuvres choiſies,
„ Et ſi ma voix au Ciel ſignala mes ardeurs,
„ Je ne veux l'employer qu'à corrompre les cœurs;
„ L'Opera me délecte & j'anime ces Fées,
„ Dont les ſoins jour & nuit m'élèvent des trophées:
„ Mes temples ſont nombreux & la Divinité
„ N'en aura jamais un qui ſoit plus fréquenté.
    „ Sous ces dehors rians ma gloire eſt manifeſte;
„ Je cauſe plus de maux que la guerre & la peſte;

„ Je flétris la Nature & du sang le plus doux
„ Je forme un noir venin qui les consume tous.
„ Je trouble les Etats, & la guerre cruelle
„ N'a souvent pour tison qu'une flame infidelle.
„ Le Crime est mon ouvrage & les affreux remors
„ Succédent tôt ou tard aux plus charmans transports;
„ J'apezantis les sens, j'énerve le génie,
„ Et couvre l'homme entier de mon ignominie:
„ Enfin de mon commerce avec la Volupté
„ Vont naître l'Indigence & la Mendicité;
„ Et les pâles Humains, chargez de mes miseres,
„ Ne descendront qu'en pleurs au tombeau de leurs Peres.
    „ J'ai bien d'autres secrets encor à révéler;
„ Mais il faut écouter Mammon qui va parler.

VI.   M ammon se leve enfin, paré comme une Idole;
„ Grands Princes, leur dit-il, si je prend la parole,
„ Ce n'est pas que ma voix ose contrarier
„ Des avis importans qu'on peut concilier.
„ L'Archange qui nous guide avec tant de lumiere,
„ Nous a si bien marqué le but de la carriere,
„ Que chacun a compris, sans pouvoir s'y tromper,
„ Que le Crime est l'objet où nous devons frapper.
„ En effet, sans le crime on n'est point misérable,
„ Mais avec ce fardeau tout devient lamentable.
„ Molock, dans les transports de sa férocité,
„ De cet objet d'horreur ne s'est point écarté.
„ Les Humains, selon lui, se livrant à la Haine,
„ Trouveront dans le meurtre & leur crime & leur peine,
„ Et dans tous leurs débats victimes ou vainqueurs,
„ La rage ou le dépit perceront tous les cœurs.
„ Asmodée, à son tour, étalant ses menées,
„ Prend pour aller au but des routes détournées,
„ Mais il y vient enfin & produit des forfaits,
„ Que toutes nos fureurs n'enfanteront jamais.
„ Encore ignorons nous la moitié du mystere,
„ Mais on verra dans peu ce qu'un Démon sçait faire.
„ Non loin de ces climats on verra la Pudeur
„ Exciter par ses cris l'ire du Ciel vengeur,
„ Et pour éteindre un feu plus mortel que la haine,
„ Les flames du Ciel même embrazer cette plaine:

                                                   „ Ainsi

2

„ Ainſi nos deux Héros, en ſuivant leur eſprit,
„ Ont frappé droit au but que l'Archange a préſcrit.
   „ Mais s'il faut qu'à mon tour, propoſant mes maximes,
„ Je vous ouvre aujourd'hui d'autres ſources de crimes,
„ Démons, prêtrez l'oreille à de nouveaux tranſports
„ Et pour me ſeconder préparez vos efforts.
   „ Les Humains cantonnez juſqu'aux bouts de la Terre,
„ Souvent ſe laſſeront des horreurs de la Guerre,
„ Et par accord juré terminant tout procès,
„ Chercheront le repos dans les bras de la paix:
„ Les javelots perçans, les brillantes épées
„ Se verront par leurs ſoins en faucilles trempées,
„ Et le fer homicide, éxpiant ſa fureur,
„ Paſſera du ſoldat aux mains du Laboureur.
„ Parmi tant de guerriers, il naîtra de grands Princes,
„ Favorizez des Cieux, chéris de leurs provinces,
„ Qui prévoyant de loin l'orage & les revers,
„ Veilleront au repos de ce vaſte Univers,
„ Et par de hauts remparts aſſurant leurs frontieres,
„ Aux Conquérans fougueux planteront des barrieres;
„ Tandis que du torrent les peuples menacez
„ Au camp du Défenſeur voleront empreſſez.
„ La Guerre aura ſon cours ſans doute & ſes ravages
„ Des fleuves de l'Enfer couvriront les rivages,
„ Et les pâles Humains gémiront ſous ſes fleaux:
„ Mais la Paix, à ſon tour, ſuſpendant leurs travaux,
„ On verra ſa Rivale en triomphe menée,
„ Les deux mains par derriere en captive enchainée,
„ La bouche toute en ſang, fremiſſant de fureur,
„ Et donnant un ſpectacle & de joye & d'horreur.
„ Ce n'eſt qu'en ſoupirant que ma langue profere
„ Les outrages futurs qu'on prépare à mon fiere;
„ Mais ſon Temple élevé ſous le meilleur des Roix,
„ Par un grand Empereur ſera fermé trois fois,
„ Et ſous l'un des BRUNSWICK on verra l'Angleterre
„ D'un bras majeſtueux pacifier la Terre.
„ Mais enfin des Mortels il faudra nous venger,
„ Et nous trouverons bien où nous dédomager.
   „ Aſmodée, à ſon tour, éxerçant ſes ravages,
„ En vain s'eſcrimera contre certains courages,
„ Il y perdra ſa gloire & malgré ſes leçons,
„ On trouvera par-tout des Joſephs, des Platons,

                                        „ Et

„ Et les fiécles futurs, fi féconds en Julies,

„ Produiront quelquefois d'illuftres Afpafies.

„ On verra quelque jour refplendir fous le daix

„ La Grace & la Nature avee tous leurs attraits,

„ Et pour combler des voeux fondez fur nos ruines,

„ Le trône environné d'un peuple d'Héroïnes.

„ Tous les dards de l'amour ne font point acerez,

„ Hélas! combien de cœurs n'en feront qu'effleurez!

„ Combien qui dans un chafte & charmant hymenée

„ Eteindront les ardeurs de fa rage effrenée!

„ Combien qui fe fauvant de fes dangereux traits,

„ Goûteront l'innocence & les fruits de la paix!

„ Combien de qui l'afpeêt ou l'ame finguliere

„ Aux plus déterminez ferviront de barriere,

„ Ou de qui la langueur & les efprits glacez

„ D'aucnn de fes appas ne feront amorcez!

„ Combien qui pour atteindre au rang de faintes filles,

„ Pleureront leurs beaux jours renfermez fous des grilles!

„ Et combien qui honteux de fes plaifirs amers,

„ Gémiront de leur crime & briferont leurs fers,

„ Ou craignant des remors le terrible ravage,

„ En voyant de beaux yeux tourneront le Vifage!

„ L'Amour aura fon tems, fans doute, & fes ardeurs,

„ Tantôt bien, tantôt mal, enflammeront les cœurs;

„ Et les foibles Mortels amoureux de leurs peines,

„ Chanteront leur martyre & béniront leurs chaines:

„ Mais un Amour plus fort fupprimant ces liens,

„ Au Monde renaiffant impofera les fiens;

„ Et ce fier Cupidon, qui domptoit la Nature,

„ A fon tour enchaîné fubira la torture.

„ Son arc fera rompu, fon bandeau delié,

„ Ses temples renverfez & lui crucifié.

„ Ce n'eft qu'en gémiffant que ma bouche profere

„ Les outrages futurs qu'on deftine à mon frere;

„ Mais enfin du trépas promt à le dégager,

„ Je faurai le défendre & fouvent le venger.

„ Enfin tous les Mortels foumis à notre Empire

„ Ne voudront pas toûjours s'armer pour fe détruire,

„ Ni toûjours fafcinez de quelque objet nouveau,

„ Porter des fers honteux jufques dans le tombeau:

„ Mais fi j'entre une fois dans le cœur d'un Avare,

„ Il portera les miens jufqu'aux bords du Tartare.

L'Opulence

„ L'Opulence eſt mon lot & les foibles Mortels,
„ En tout tems, en tous lieux, ſerviront mes autels:
„ Toute langue, tout ſexe & tout ordre & tout âge,
„ Frappez de ma ſplendeur, me rendront leur homage,
„ Et prodiguant l'encens à ma Divinité,
„ Diront qu'il n'eſt ſans moi nulle félicité.
„ D'abord, je le confeſſe, ignorant ma folie,
„ On les verra bornez aux beſoins de la vie,
„ Mépriſer la grandeur, le luxe & les tréſors,
„ Se contenter des fruits de leurs propres rapports,
„ Et, nourris dans le ſein de la vraye opulence,
„ Savourer les douceurs de l'aimable innocence:
„ Mais ce tems ſera court, & mon activité
„ Les tirera bien-tôt de leur ſimplicité.
„ En mille endroits divers par mes ſoins répenduë
„ La poudre de mon or leur frappera la vuë.
„ Pour forger cette poudre utile à mes forfaits,
„ Démons, qui m'écoutez, vous ſavez mes ſecrets:
„ Ils m'importuneront pour ſavoir le myſteïe,
„ Mais par les eaux du Stix j'ai juré de m'en taire.
„ Mes pepins, à leur tour, avec art enfouïs,
„ Brilleront déterrez à leurs yeux éblouïs.
„ L'Argent, d'autre côté, ſur les Monts, ſur les Plaines,
„ Fera monter l'éclat de ſes fertiles veines;
„ J'en règlerai moi-même & la force & le cours,
„ Et le Mortel avide en ſuivra les détours.
„ Je diſperſerai l'or de l'un à l'autre Pole,
„ J'enrichirai le Tage & l'Inde & le Pactole,
„ Et le profond Danube & l'Ebre impétueux,
„ Et le Rhin menaçant & le Pô tortueux.
„ J'en formerai des lits au niveau des Campagnes,
„ Ou je l'inſererai dans le roc des Montagnes:
„ Les Cailloux les plus durs en ſeront pointillez,
„ Et puniront les mains qui les auront taillez.
„ Pour ébranler ces monts, pour fendre ces carrieres,
„ On verra ſuccomber des légions entieres,
„ Et ſouvent les Mortels écrazez ſous le faix
„ Maudiront l'avarice & ſes hardis projets.
„ Par cent boyaux divers ces montagnes percées
„ Se verront tout à coup par leur poids renverſées,
„ Et malheur aux forçats, qui lents à s'envoler,
„ Attendront pour ſortir qu'on les vienne appeler.

m   „ On

„ On ne voit encor rien dans ces vaftes brizures,
„ Si l'humide élément n'en lave les ordures:
„ Il faudra fur des monts encor plus élevez
„ Raffembler des torrens avec art dérivez,
„ Dont les flots écumeux inondant ces abimes,
„ Emportent en roulant la fource de leurs crimes.
„ Dieux! qu'ils verront de maux, de larmes & de cris,
„ Avant que leurs fouhaits puiffent être remplis!
„ Mais afin que leur rage à jamais fe confonde,
„ Je choifirai les lieux les plus âpres du Monde;
„ Mais j'aurai beau choifir; l'avare audacieux
„ Pour avoir de mon or monteroit jufqu'aux Cieux.
„ J'aurai beau l'enforcer au centre de la Terre;
„ Ils iront le chercher jufqu'au fein de leur Mere,
„ Et d'un bras parricide ayant percé fes flancs,
„ S'étonneront encor de fes frémiffemens:
„ Mais auffi la cruelle & brutale avarice
„ Dans fon avidité trouvera fon fupplice,
„ Et l'on verra la Terre indignée, à fon tour,
„ Etouffer des Ingrats qui lui devoient le jour.
„ C'eft peu d'un Continent; pour augmenter leurs peines,
„ J'irai cacher mon or dans les Ifles lointaines,
„ Afin que les Mortels dans ces Mondes Nouveaux
„ Aillent porter leur rage & creuzer leurs tombeaux.
„ Je veux qu'au gré des vents & des ondes ameres,
„ Ils s'éloignent en pleurs des Foyers de leurs Peres,
„ Et la bêche à la main qu'ils aillent s'hebêter
„ Dans ces gouffres affreux que je dois empefter.
„ Quel plaifir pour Molock d'entendre, à mes ravages,
„ Du cri des Africains retentir les rivages,
„ Et de voir ces Captifs, tout meurtris de mes fers,
„ Defcendre tout-vivans dans le fond des Enfers,
„ Et dans ces fouterrains terminant leur carriere,
„ Du jour qu'ils ont perdu regretter la lumiere!
„ Trop hûreux fi du Stix les mortelles vapeurs
„ Finiffent dès l'entrée & leur peine & leurs pleurs;
„ Et plus hûreux cent fois que ces Maîtres barbares,
„ Qui vont les immoler dans ces nouveaux Tartares;
„ Trop prodigues d'un fang qu'ils devoient ménager,
„ Trop avides d'un or qu'ils pouvoient négliger!
„ Mais cet or déterré de ces fombres abimes,
„ Enfant de mes forfaits, que produit il? des crimes:

„ L'un

„ L'un pour joûir de l'or, que fon Maître a volé,

„ A fon tour pillera le voleur defolé;

„ Ou du meurtre au larcin fe faifant une voye,

„ Des Chiens ou des Vautours il deviendra la proye:

„ Un autre impatient de goûter mes appas,

„ D'un Pere difficile hâtera le trépas,

„ Et, faute de poifon, armant fa main perfide,

„ Pour avoir beaucoup d'or deviendra parricide:

„ La femme abandonnée aux voeux d'un Favori,

„ Conduira le poignard funefte à fon mari:

„ La tête du Tribun au poids de l'or livrée,

„ Avec du plomb fondu fera dénaturée,

„ Et l'avare impofteur l'apportant dans fes mains

„ Souillera pour toûjours les Faftes des Romains.

„ Pour troubler les Etats, pour divifer les Princes,

„ Je répendrai mon or jufqu'au fond des Provinces,

„ Et la Guerre allumée en tant de régions,

„ Ne devra fes fureurs qu'à mes profufions.

„ J'ébranlerai le Monde & mes vaftes finances

„ Du Cabinet des Roix régleront les fentences,

„ Et plus d'un Défenfeur épris de mes lingots,

„ Du haut de fes remparts baiffera fes drapeaux.

„ Non content de troubler la Terre & fes domaines,

„ De l'immenfe Océan j'infefterai les plaines,

„ Et mes riches voiliers fur les ondes voguans,

„ Se verront expofez à de nouveaux brigands,

„ Qui du fer & du feu fignalant les outrages,

„ Couleront dans les eaux mon crime & mes ravages,

„ Ou, tout fiers des tréfors que leurs mains ont pillez,

„ Par d'autres raviffeurs s'en verront dépouillez.

„ On ne verra par tout que des cœurs mercenaires,

„ Tour à tour éxacteurs, tour à tour tributaires.

„ Le flatteur hypocrite aimera les préfens,

„ Et trouvera toûjours où vendre fon encens.

„ L'Amitié, je l'avoûe, aura quelques délices;

„ Mais combien fous ce nom déguiferont leurs vices!

„ Le Fourbe, de la Cour écartant fes Rivaux,

„ Fruftrera la vertu du fruit de fes travaux,

„ Et pillant la Cité, defolant la Province,

„ Couvrira fes larcins des intérêts du Prince;

„ Et le peuple en langueur n'ofera murmurer

„ Contre l'Hydre affamée, âpre à les devorer!

„ Le

„ Le Pupile encor foible & la veuve timide
„ Seront à la merci d'un Directeur avide!
„ Et souvent l'un & l'autre, en proye à l'Assassin,
„ Viendront la larme l'œil lui demander du pain.
„ Le Créancier barbare, armant ses mains iniques,
„ Chargera l'Indigent de ses fers tyranniques,
„ Et le triste Captif, environné des siens,
„ Sans pouvoir les toucher, montrera ses liens.
„ A la Cour, à la Ville, assuré des suffrages,
„ L'Opulent orgueilleux gourmandera les sages,
„ Et l'Esprit le plus noir, le cœur le plus gâté,
„ Couvert de mes couleurs se verra respecté.
„ En vain le bon Socrate, honorant l'Indigence,
„ Vantera les trésors de la simple innocence,
„ Toûjours contrarié, languissant, abattu,
„ Il gémira du poids de sa propre vertu,
„ Et du Calice amer bûvant jusqu'à la lie,
„ Quittera sans regret les liens de la vie:
„ Tandis qu'un Capanée, en habit chamarré,
„ Passera sous le nom de Génie inspiré,
„ Et jusqu'autour du Trône étendant nos conquêtes,
„ Pour corrompre les cœurs pervertira les têtes.
    „ A l'aspect du mon or, la Justice aux abois
„ Tiendra mal sa balance & changera ses poids,
„ Et le glaive tombant de sa main chancelante,
„ N'aura pour mes vassaux qu'une vaine épouvante.
„ Le Pauvre périra dans son iniquité,
„ Et quelquefois le Juste à tort persécuté;
„ Mais le Riche à propos prodiguant ses rapines,
„ Saura se relever sur ses propres ruines,
„ Et conservant le fond de ses vastes trésors,
„ Trainer jusqu'au tombeau sa chaine & ses remords.
    „ Pour briguer ma faveur chacun vendra son ame,
„ Quelquefois son ami, souvent sa propre femme;
„ Et la Femme alléchée à des profits si doux,
„ Préviendra quelquefois les voeux de son Epoux.
„ La Fille sous le joug d'une altiere Marâtre,
„ Deviendra, pour me plaire, Infante de Théatre,
„ Et voûant au Public son ame & ses talens
„ Parmi les Duc & Pairs comptera des Amans.
„ Le Manant surchargé des fruits de l'Hymenée,
„ Pour nourrir les Cadets vendra leur sœur ainée;

a   „ Et

„ Et la Belle, à ſon tour, aux fraix de l'Acheteur,
„ Entretiendra les feux d'un jeune Adorateur.
„ Pour toucher les beaux yeux dont on ſent la bleſſure,
„ Mon or ſera toûjours l'amorce la plus ſûre;
„ Aſmodée à loiſir comptera ſes raiſons,
„ Mais j'aurai le ſecret d'abrêger les façons.
„ Je garnirai l'hôtel, l'alcove & la toilette,
„ Les Pendans, les Colliers ſeront de mon emplette,
„ Et la Montre brillante enfin pour la ranger,
„ J'arriverai toûjours à l'heure du Berger.
„ Avides de mon or, les Nymphes d'Italie
„ Viendront pour avoir part aux fruits de ma folie,
„ Et plus d'un Amphion, jaloux de leurs éxploits,
„ Outragera ſon corps pour étendre ſa voix.
„ Mes Cavaux ſeront pleins, la Marne & la Garonne
„ M'offriront à l'envi les Nectars de l'Autonne,
„ Et Bacchus à ma ſolde éxcitant les bûveurs,
„ Je troublerai l'eſprit pour corrompre les cœurs.
„ Pour chanter mes vertus, pour flatter mon audace,
„ Je ſerai l'Apollon des Héros du Parnaſſe,
„ Et plus d'un Beau-Génie à ma Divinité
„ Prodiguera l'encens qu'un autre a mérité.
„ Sans eſprit & ſans goût, ſans honneur, ſans mérite,
„ J'aurai tous les talens d'un Mecene ou d'un Tite,
„ Et la foule croiſſant le long du Corridor,
„ Viendra juſqu'à mes piez adorer le Veau-d'or.
„ Aux vains amuzemens mon ame abandonnée
„ Introduira du Jeu la licence effrenée,
„ Et par l'appas du gain attirant les Mortels,
„ Je les verrai tomber autour de mes autels.
„ C'eſt alors qu'on verra ſur une table ronde
„ Mes tréſors déployez pour tenter le beau monde,
„ Où chacun d'eux muni de Cartons figurez,
„ D'hiéroglyphes divers ou de poincts bigarrez,
„ Attendra de la main du Hazard qui les tente,
„ Un ſigne parallèle à celui qu'il préſente:
„ Hûreux, ſi ce carton, ſans affecter le pas,
„ En ſuivant ſon adjoint ne lui reſſemble pas;
„ Et malheur à celui dont la montre fatale
„ Sous le premier aſpect rencontre ſa rivale:
„ C'eſt ainſi qu'un habile & cruel aſſaſſin
„ Souvent du bout des doigts leur percera le ſein.

n

„ J'aime

„ J'aime à voir dans le jeu ce mortel temeraire
„ Enfouïr de fon art le talent falutaire,
„ Et toûjours par le fort à bon droit rebutté,
„ Réduit avec les fiens à la mendicité!
„ J'aime à voir ce blondin, aveuglé dans fa rage,
„ A l'avide Ufurier vendre fon héritage,
„ Et toûjours terracé dans fes vœux impuiffans,
„ Lancer contre le Ciel fes regards menaçans.
„ J'aime à voir cette femme en fes mœurs déloyale,
„ Engager pour joûer fa bague nuptiale;
„ Et fouvent épuifée, au plus vil Suborneur,
„ Pour retenter fortune, immoler fon honneur.
„ J'aime à voir, entre tous, ce rare & beau Génie
„ Jufqu'au douzième luftre exercer fa manie,
„ Et fans ceffe occupé d'amuzemens divers,
„ Ne favoir pas s'il règne un Dieu dans l'Univers!
„ L'Amour aura fon tems, fans doute & fes menées
„ Flétriront des Humains les plus belles années;
„ Mais il aura fon terme & fes puiffans appas
„ En foumettant les cœurs ne les garderont pas:
„ Mais le Démon du Jeu, que ma fureur éxcite,
„ Menera l'Infenfé jufqu'aux bords du Cocyte,
„ Et la Mort furvenant pour dreffer fon cercueil,
„ Souvent le furprendra joûant fur fon fauteuil.
„ Aprés tout, ce grand Jeu, funefte en tous les âges,
„ Réferve aux derniers tems fes plus affreux ravages,
„ Et pour nous confoler de tous nos maux divers,
„ Des fiécles éloignez indiquons les revers.
„ J'ai lû dans les Deftins qu'un Peuple plein de gloire
„ Du Monde vieilliffant doit embellir l'Hiftoire,
„ Et qu'entre les Romains & les Grecs valureux
„ Il doit prendre fa place & briller avec eux.
„ L'Epoque eft encor loin, mais enfin les années
„ Meuriront à loifir fes hautes deftinées:
„ Mais la foif de mon or, comme à Rome autrefois,
„ Offufquera l'éclat de fes plus beaux éxploits.
„ D'un commerce étendu les branches fi fertiles
„ A peine fuffiront au luxe de fes villes.
„ On comptera pour peu l'orgueil des bâtimens,
„ La fureur des tableaux, le prix des Ornemens,
„ Des Vafes fomptueux le poids & la gravure,
„ La Chine & le Japon prodiguez fans mefure,

„ Si

„ Si d'un char afforti la pompe & les couleurs
„ Du Creancier jaloux n'éxcitent les clameurs,
„ Et fi cent affiquets que le Fafte imagine,
„ Des nouveaux Fiancez n'avancent la ruine.
„ Ainfi d'un peuple vain le luxe illimité
„ Au milieu des tréfors trouve la pauvreté.
„ L'Avenir, j'en conviens, pour nous eft plein d'abimes ;
„ Mais enfin nous pouvons conjecturer nos crimes,
„ Et connoiffant l'efprit des mortels égarez,
„ Prévoir ce qu'ils feront à nos fougues livrez.
„ Dans cet hûreux Canton que le Ciel favorife,
„ Voyez cette Cité qu'abreuve la Tamife,
„ Ces Temples, ces Clochers, ce Dome ambitieux,
„ Dont le vafte contour femble imiter les Cieux :
„ Voyez cet Athenée, où Newton dans la Sale,
„ Des fentiers de l'Olympe éxplique le Dédale,
„ Et voit autour de lui d'illuftres Nouriffons,
„ Le compas à la main démontrer fes leçons.
„ Regardez ces tombeaux & cette Cour augufte
„ Aux Tyrans fi funefte, aux bons Princes fi jufte ;
„ Revenez dans le centre au Portique des Roix,
„ Et vous verrez bientôt le jeu de mes éxploits.
„ Vis à vis du Portique où je tiens affemblée,
„ J'ai dreffé mes autels le long de cette allée.
„ Quel cri, quelle rumeur, quel effaim de frelons
„ Bourdonnent au paffage & dans les environs !
„ Qu'eft-ce donc ? L'Ocean, franchiffant fes barrieres,
„ Vient-il de fubmerger des Provinces entieres ?
„ La Grèle ou les torrens, exerçant leur fureur,
„ Ont-ils déja fauché l'efpoir du Labourreur ?
„ Ou le Ciel irrité du fuccès de nos crimes,
„ A-t-il déja frappé des milliers de victimes ?
„ Ou cent peuples jaloux traverfant les deux mers,
„ Viennent-ils les furprendre & leur porter des fers ?
„ Rien moins, tout eft tranquile & fur mer & fur terre ;
„ On a fermé par tout les portes de la Guerre ;
„ L'Océan dans fon lict retenant tous fes flots,
„ Semble de leurs Pêcheurs refpecter les hameaux ;
„ Des préfens de Cerès tous les Greniers gemiffent ;
„ Les Agneaux, les Moutons dans la plaine bondiffent ;
„ Et l'Etranger docile abordant dans ces Ports,
„ Remet entre leurs mains fes plus riches tréfors,

„ Quelle

„ Quelle eſt donc cette émute ? Aux rives de la Seine
„ Un Cercle d'Aſſaſſins que je tiens en haleine,
„ Sur un fond chimerique appuyant leurs projets,
„ Aux peuples affamez vont tendre mes filets.
„ L'un vend tous ſes bijoux, l'autre ſon équipage,
„ Pour acheter l'eſpoir chacun met tout en gage,
„ Le fond hauſſe & prenant un vol ambitieux
„ Imite la fuſée & menace les Cieux.
„ Le feu de proche en proche au loin ſe communique;
„ Mes ſuppots détachez arrivent au Portique,
„ Et dans Londre étonnée animant les Joueurs,
„ Entrainent les Mortels vers ces fauſſes lueurs.
„ L'Yvreſſe eſt generale & l'on voit la Tamiſe
„ Des tranſports de la Seine encor toute ſurpriſe,
„ Imiter ſon enflure & flatter mes Vaſſaux
„ De tout l'or que le Gange a roulé dans ſes eaux.
„ D'ici vient la rumeur & c'eſt moi dont la rage
„ A ménagé le feu qui fait tant de ravage,
„ Et qui ſe répendant en cent endroits divers,
„ Se fait déja ſentir aux bouts de l'Univers.
   „ A ces pièges dorez que mes mains ont ſçu tendre,
„ Demons, que de Mortels viennent ſe laiſſer prendre!
„ Roix, Princes, Magiſtrats, Miniſtres, Sénateurs,
„ Chevaliers, Artizans, Philoſophes, Docteurs,
„ Riches, Pauvres, Moyens, Sages, Foux, Imbecilles,
„ Jeunes-gens, Hommes-faits, Vieillards, Veuves, Pupiles,
„ Tous y courent en foule au tourbillon livrez,
„ Et donnent leur argent pour des papiers timbrez.
„ Comme ſi du Quêteur l'amorce intéreſſée
„ Etoit un ſûr garand pour une ame ſenſée,
„ Ou que tous mes tréſors entr'eux tous partagez
„ Suffiſſent aux projets que leurs cœurs ont forgez!
„ La Raiſon dans le calme apperçoit la fumée;
„ Mais la Cupidité par l'éxemple animée
„ Offuſque la Raiſon & l'Avare alléché
„ Se jette dans les flots où d'autres ont pêché.
„ L'un ſorti du néant, enchainant la fortune,
„ Laiſſe-là deſormais cette foule importune,
„ Et triomphe en ſecret des deſaſtres affreux
„ Qu'il voit fondre de loin ſur tant de malhûreux:
„ L'autre, pour amaſſer des tréſors ſans meſure,
„ Accable les Joûeurs du poids de ſon uſure,

2   „ Et

„ Et toûjours amolli dans l'aife & le repos,
„ Devore dans fon cœur les fruits de leurs travaux:
„ L'autre, dans fes projets, déja dans l'opulence,
„ Se conftruit un hôtel plein de magnificence,
„ Satellites, Cortege, équipage effronté,
„ Et le tout fur l'efpoir de fa temerité:
„ Le Savant ébloüi, laiffant Pline & Seneque,
„ De mes papiers volans fait fa Bibliotheque;
„ Et le Sage lui-même au Portique égaré,
„ Y vient perdre le nom qui l'avoit décoré.
„ Les autels du Dieu-Fort, objet de nos murmures,
„ Repurgez par deux fois de toutes nos ordures,
„ Sont prefque abandonnez & mon art enchanteur
„ Lui ravit chaque jour plus d'un adorateur:
„ A peine au jour facré que fa Loi leur demande,
„ En voit-on quelques uns lui porter leur offrande;
„ Tandis qu'à mon Idole affidus, empreffez,
„ On les voit à grands flots l'un fur l'autre entaffez,
„ Et vers la fin du jour loin de fe reconnoître,
„ Oublier dans le vin le Dieu qui les fit naître:
„ Et qui fçait même encor fi ce peuple à part-foi,
„ Au Temple du vrai Dieu ne penfe point à moi!
„ Mes voeux font accomplis; à la fin la fufée
„ Retombe en éclattant fur la foule abufée,
„ Et fon dernier éclat éteignant fes lueurs,
„ Au fort de leur triomphe abime les Joûeurs.
„ Ainfi du fier Neron on vit reduire en poudre
„ L'image coloffale atteinte de la foudre:
„ Ainfi la Maifon d'or & tous fes monumens
„ Au feu dévorateur fervirent d'alimens;
„ Et le Tibre étonné de voir tant de furie,
„ Fit remonter fes flots vers les monts d'Etrurie:
„ Tandis que les Chrétiens chargez de nos fureurs,
„ Servirent de flambeaux à toutes ces horreurs.
„ Démons, vous le voyez, fenfible à notre gloire,
„ Des fiécles à venir j'anticipe l'hiftoire,
„ Et pour nous confoler de cet éxil affreux,
„ Je compenfe nos maux par des jours plus hûreux.
„ Mais vous, Pofterité, mortels des derniers âges,
„ Pourrez-vous croire un jeu qui fit tant de ravages;
„ Où vos ayeux flattez d'un efpoir incertain,
„ Donnoient leurs armes d'or pour des armes d'airain?

„ Mais

„ Mais quel fut le succès de tant de frénesie?
„ L'un succombe au chagrin, l'autre à la jalouzie;
„ L'un s'eclipse du Monde & se fait proclamer;
„ L'autre tombe en delire & se fait renfermer;
„ L'un périt par le fer, l'autre se précipite,
„ Et cherche dans les eaux le chemin du Cocyte;
„ L'autre d'un coup d'éclat terminant ses douleurs,
„ Rassemble autour de lui des yeux baignez de pleurs;
„ L'autre d'un noeud coulant armant sa main severe,
„ Expire sous le poids de sa propre misere;
„ Mais l'autre, plus caché dans ses égaremens,
„ A recours au poison pour finir ses tourmens.
„ Des forfaits paternels la Pupile innocente
„ Tombe dans les filets du Flatteur qui la tente,
„ Et le jeune Orphelin à servir condanné,
„ Comme un autre Joseph se voit abandonné:
„ Cent familles en pleurs, de leur sort desolées,
„ Cherchent pour se cacher des terres isolées,
„ Où maudissant le jeu, le Monde & ses attraits,
„ Elles puissent trouver l'innocence & la paix.
„ Les Joûeurs cependant foudroyez par l'orage,
„ Ramassent à l'envi les débris du naufrage;
„ Mais ma fureur sans cesse animant les esprits,
„ Ils se battent encor pour ces mêmes débris.
„ Déja dans le Palais la Discorde enflamée
„ Anime des Plaideurs l'éloquence affamée,
„ Et l'avide Usurier, trompé dans ses projets,
„ Pour reclamer son or découvre ses forfaits.
„ L'un devient receleur, l'autre fourbe ou faussaire;
„ L'autre toûjours brigand vend son ame au Corsaire;
„ L'un trahit son pays, l'autre à ses faux-sermens
„ Fait frémir le Ciel même & tous les élémens;
„ L'autre avec mes cizeaux, depeur qu'on ne l'entende,
„ Des anciens Carolus entame la légende,
„ L'autre dans ses creuzets mêlange plus hardi
„ Le bronze Hyperborée avec l'or du Midy;
„ Ou de mes patagons sophistiquant la doze,
„ De ses impuretez infecte le Potoze.
„ Enfin mille Imposteurs imitant nos façons,
„ Sous la figure humaine agissent en Démons.
    Ainsi parla le traître & la troupe rebelle
    Eleva jusqu'aux Cieux sa prudence & son zèle:

Mais

Mais l'Archange fur tout au difcours applaudit:
» Princes, je fuis content & vous avez tout dit.'
» Molock eft pour le meurtre & cet Efprit fublime
» Réferve à mes autels la plus noble victime.
» Afmodée, à fon tour, par un chemin de fleurs,
» Conduira les Humains aux dernieres horreurs.
» Funefte dans la Paix, terrible dans la Guerre,
» Mammon de fes tréfors opprimera la Terre,
» Et chacun fous mes yeux dirigeant fes éxploits,
» Nous verrons l'Univers affervi fous nos loix.
» Mettons la main à l'œuvre & travaillons d'avance
» A préparer les traits d'une illuftre vengeance;
» Allumons notre forge, exerçons nos marteaux,
» Faifons gémir l'enclume & plier les métaux:
» Difperfons cette poudre aux Humains fi fatale,
» Ces perles, ces rubis, que la Luxure étale;
» Cachons nos diamands dans ces antres affreux,
» Qui vont fervir de tombe à tant de malhureux.
» N'oublions point le fard, les couleurs, la Peinture;
» Ses attraits decevans enflament la luxure.
» L'Idolâtre ébloui contemplera fes Dieux,
» Et fe retracera leurs forfaits odieux.
» Au plaifir du fpectacle & de la fymphonie,
» Du Nectar de la treille ajoutons la folie;
» De ces pampres épars formons des rejettons
» Qui puiffent quelque jour abreuver ces Cantons:
» Molock n'y perdra rien & mené par l'Yvreffe
» L'Amour impétueux s'égarera fans ceffe.
   Il dit, on bat des mains & fes lâches conforts
Font retentir au loin leur joye & leurs tranfports.
Enfin diftribuez felon l'ordre du Prince,
Ils fe difperfent tous chacun dans fa Province,
Et répendus ainfi dans ce vafte Univers,
Ils s'occupent entr'eux à nous forger des fers.

M A I s tandis que Satan va préparer fes armes,
Nos Ayeux confternez gémiffoient dans les larmes.
Déja même, en dormant, des fonges odieux,
Diffipant les vapeurs d'un fruit fallacieux,
Leur decouvroient leur honte & leur montroient l'abime,
Qui fépare à jamais l'innocence du crime.

VII.

En

En vain dans le fommeil ils cherchent le repos;
Le fommeil au pécheur refufe fes pavots;
Et loin de le calmer l'Aurore renaiffante
De fon cœur agité redouble l'épouvante.

    Ils fe levent enfin & leurs yeux éclairez
S'offencent des objets qui les ont égarez.
Ils cherchent l'Innocence & ce voile modefte
Qu'elle vient d'emporter dans l'Empire célefte:
Ils cherchent la Juftice & l'Honneur gracieux,
Et la Félicité qui brilloient dans leurs yeux.
Les Remords dans le cœur commencent leur ravage,
Et la Confufion leur couvre le vifage.
Ainfi le fier Samfon au bras toûjours vainqueur,
Du fein de Dalila fe leva fans vigueur,
Et loin de retrouver fa puiffance fublime,
Du perfide Adverfaire il devint la victime.
Ainfi nos deux Epoux d'un œil trifte, abattu,
Regardoient contre terre & pleuroient leur vertu.

    Adam rompt le filence & d'une voix contrainte
Exprime la douleur dont fon ame eft atteinte:
„ Eve, pourquoi faut-il qu'un Monftre frauduleux
„ Soit venu vous tenter pour nous perdre tous deux!
„ Enfin nous pénétrons par notre éxperience
„ Le Myftere fatal de l'Arbre de Science;
„ Nous connoiffons les biens qui fe font envolez,
„ Et nous fentons les maux dont nos cœurs font troublez!
„ Efclaves de la honte, à la douleur en proye,
„ Je vois fuir loin de nous l'affurance & la joye!
„ De quel œil aujourd'hui parmi tant de forfaits,
„ Soutiendrons-nous l'afpect du Dieu qui nous a faits?
„ Ses Anges genereux, voyant notre innocence,
„ De notre état au leur fupprimoient la diftance,
„ Et dans ce Paradis avec nous confondus,
„ Nous aidoient à chanter fa gloire & fes vertus:
„ Quel fruit de leurs leçons? quel oubli! quelle audace!
„ Oferons nous encor les regarder en face?
„ O Mon Dieu! que ne puis-je en cette extremité,
„ Me fouftraire moi-même aux traits de ta clarté,
„ Et cachant mes horreurs dans quelque antre fauvage,
„ Y pleurer ces forfaits qui fouillent ton image!
„ Et toi, Pere du jour, fi charmant & fi beau,
„ Précipite ta courfe, ou cache ton flambeau,

                                        „ Et

„ Et que la Nuit obscure étendant tous ses voiles,
„ Eclipse à mes regards jusqu'aux moindres étoiles!
„ Ou vous, chesnes hautains, cedres ambitieux,
„ Couvrez de vos rameaux mes crimes odieux,
„ Et d'un zèle propice éxauçant ma priere,
„ A mes yeux pour jamais dérobez la lumiere !
   „ Eve, retirons-nous, évitons la clarté,
„ Et cherchons quelque azile à notre indignité.
„ Notre cœur autrefois guidé par l'innocence
„ Conservoit à nos yeux une juste assurance,
„ Et ces tendres appas n'étant point prophanez
„ N'éxcitoient point en nous des desirs effrenez :
„ Mais depuis qu'au mépris de la bonté céleste,
„ Nous avons attenté sur cet arbre funeste,
„ Notre ame est abrutie & ces mêmes attraits
„ Enfantent dans nos cœurs ces desirs indiscrets.
„ Sauvons nous sous quelque arbre, où l'ombre & le feuillage
„ Contre l'astre du jour nous serve de nuage,
„ Et là prions le Ciel de calmer son courroux;
„ Peutêtre prendra-t-il enfin pitié de nous!
   Il dit & tout à coup voici le Roi de gloire
Fendant le sein des airs sur un char de victoire!
Les puissances du Ciel voloient autour de lui,
Et toutes les Vertus lui prêtoient leur appui.
Il descend en Eden & la garde sacrée
Aussi-tôt prit son vol vers la voute azurée.
Deux Anges seulement, marchant à ses côtez,
Du Paradis perdu déploroient les beautez,
Et voyant nos Epoux qui fuyoient la lumiere,
Chacun d'eux, tour à tour, lui faisoit sa priere;
Et tandis qu'ils prioient pour nos tristes ayeux,
On eut pû voir les pleurs qui couloient de leurs yeux.
Lui-même en fut ému, ce langage le touche
Plus que tous les discours qui sortent de la bouche.
„ C'est assez, leur dit-il : de tout tems ma bonté
„ Préféra la clémence à la sévérité :
„ Ramener au bercail le Pécheur qui me quite,
„ Va faire desormais mon œuvre favorite,
„ Pourvû que gémissant de se voir égaré,
„ Il déteste l'erreur qui l'a deshonoré,
„ Et qu'entré dans la voye où ma douceur l'apelle,
„ Jusqu'au dernier soupir il me reste fidelle.

P   „ Je

„ Je lis ces fentimens dans vos cœurs genereux,
„ Et j'aime à voir les pleurs que vous verfez pour eux!
„ Déja du haut des Cieux voyant tant de mifere,
„ J'ai fenti dans mon cœur l'émotion d'un Pere.
„ Cependant je fuis Juge & fils du Roi des Roix,
„ Je dois venger fa gloire & maintenir fes droits.
„ Il eft vrai, du Très-Haut la volonté fuprème,
„ En pofant fur mon front le facré diadème,
„ Et me nommant l'arbitre & le chef des Humains,
„ A remis devant vous tous fes droits dans mes mains :
„ Sous fes yeux paternels je gouverne le Monde,
„ Je puis tout dans le Ciel, fur la Terre & fur l'Onde,
„ Et l'Ennemi barbare, auteur de ces revers,
„ Eprouvera bien-tôt tout le poids de mes fers.
„ Mais tout grand que je fuis, je détefte le vice,
„ Le Sceptre que je tiens protège la juftice,
„ Et dans mes jugemens toûjours plein d'équité,
„ J'aime à rendre à chacun ce qu'il a mérité.
„ Un Roi peut quelquefois écouter fa clémence,
„ Mais le Juge avant tout prononce la fentence.
„ Hûreux le Criminel juftement terracé,
„ Qui fe jette aux genoux du Monarque offencé,
„ Et par de longs foupirs éxpofant fa mifere,
„ Adoucit les arrêts de fa jufte colere!
„ J'ai vû leur front rougir & leurs larmes couler.
„ J'efpere . . . mais il faut les entendre parler.
    „ Adam, comparoiffez; quelle frayeur fubite,
„ Quand j'arrive en ces lieux vous fait prendre la fuite,
„ Vous qui comptiez jadis pour le premier des biens
„ Celui de voir ma face ou de quelqu'un des miens?

    A la fin il parut: fon Epoufe plus lente
Le fuivoit à grand' peine interdite & tremblante,
Tous deux fous un afpect à fendre de pitié
Le cœur le plus barbare en fon inimitié.
En vain pour fe couvrir leurs mains induftrieufes
S'étoient fait des manteaux de feuilles fpacieufes.
Helas! qui peut cacher fa honte & fes forfaits!
Ce voile les découvre encor plus que jamais.
Triftes, décompofez, leurs faces criminelles
Avoient perdu ces traits, ces graces naturelles,
Cette beauté naïve, appanage des Cieux,
Doux object pour notre ame, interdit à nos yeux!

Au lieu du pur amour, on y voyoit la crainte,
La Honte & les débris d'une pudeur éteinte,
Le Crime & le Remors qui vient nous afliéger
Quand le Ciel en courroux eſt prêt à ſe venger.
Adam baiſſe les yeux & répond à ſon Maître:
„ Seigneur, au même inſtant qu'on vous à vû paroître,
„ Mon cœur ſans héſiter du Fils du Roi des Roix
„ A ſenti la préſence & diſtingué la voix;
„ Mais tout nud devant vous j'ai craint de faire injure
„ A cette Majeſté ſi brillante & ſi pure,
„ Et plein de cet eſprit j'ai couru pour chercher
„ Sous ces arbres touffus un lieu pour me cacher.
    „ Vous cacher à mes yeux . . . ma ſurpriſe eſt extrème!
Replique ſans aigreur la Clemence elle-même:
„ Suis-je donc ſi terrible? & depuis tant de fois
„ Que vous avez cherché ma préſence & ma voix,
„ Et toûjours pénétré du Zèle le plus tendre,
„ Quitté tout pour me voir, quitté tout pour m'entendre,
„ Aujourd'hui ſeulement un ſcrupule nouveau
„ Me fruſtre d'un hommage & ſi juſte & ſi beau!
„ J'étois nud, dites vous; qui vous a fait connoître
„ Cet état dans lequel vous trembliez de paroître?
„ Auriez-vous attenté ſur cet arbre fatal . . .
„ Et prophané la ſource & du bien & du mal?
    „ O Ciel! (reprit Adam, qui ſe ſentoit confondre)
„ A mon Juge, à mon Roi comment dois-je répondre?
„ Prendrai-je ſur moi ſeul l'horreur de ces forfaits?
„ Mais mon eſprit troublé ſuccombe ſous le faix,
„ Et, joignant devant lui l'impoſture à l'audace,
„ Je me prive à toûjours de l'eſpoir de ſa grace!
„ Accuſerai-je auſſi cette tendre moitié?
„ Je la livre aux rigueurs de ſon inimitié,
„ Je me perce moi-même & mon ame abattuë
„ Expire au même inſtant ſous le trait qui la tuë!
„ O Ciel! ô Terre! ô Juge! ô malhûreux Epoux!
„ Eſt-ce à moi d'expoſer ſes forfaits devant vous;
„ Et faut-il pour combler l'ennui qui me devore,
„ Que ma bouche flétriſſe un objet qui m'adore!
„ Fidelle à nos liens, infidelle à ſon Roi,
„ Son cœur dans ſes éxcès n'a brûlé que pour moi:
„ Et moi pour la payer d'une ardeur ſi ſublime,
„ Je découvre aujourd'hui ſon opprobre & ſon crime!

                                        „ Oui,

„ Oui, Seigneur, il le faut, ta suprème équité
„ M'arrache, malgré moi, toute la verité.
„ Ingrat & refractaire à la bonté célefte,
„ J'ai mangé de ce fruit à mon fort fi funefte:
„ Mais le Ciel, mon Epoufe & Toi-même, Seigneur,
„ Qui pénètres fans moi jufqu'au fond de mon cœur,
„ Je vous attefte tous, fi durant mon offence
„ Mon orgueil s'eft flatté d'atteindre à ta puiffance:
„ Ou plûtôt fi mon cœur trahi par l'amitié,
„ Voyant jufqu'au tombeau defcendre fa moitié,
„ Defolé par les pleurs d'une Epoufe fidelle,
„ Ne s'eft point égaré pour courir après elle!
„ J'entend; c'eft pouffer loin les ardeurs d'un Epoux!
„ Mais vous, reprit le Juge, Eve, que dites-vous?
„ Seigneur, malgré le poids du remors qui m'accable,
„ Eve n'eft point ici la premiere coupable.
„ Un Monftre m'a féduite & ce vil Impofteur
„ De fa bouche a foufflé le poifon dans mon cœur.
„ Des vertus d'un Epoux juftement pénétrée,
„ Je voulois des hauts Cieux lui procurer l'entrée,
„ Le conduire à la gloire & règnant avec lui,
„ M'affurer fur fon trône un éternel appui.
„ Le traître, qui cachoit fon venin fous la rofe,
„ A flatté mon orgueil de cette apothéofe,
„ Et d'un fruit éprouvé m'étalant les appas,
„ Jufques dans cet abifme a conduit tous mes pas.
„ Telle eft de mon forfait la teneur ingenuë.
„ Seigneur, dont les bontez s'élevent dans la nuë,
„ D'un Couple infortuné vous voyez les douleurs,
„ Soyez touché des maux qui font verfer nos pleurs!
„ Je fuis la plus coupable & votre main puiffante
„ Doit commencer par moi fa 'juftice éclattante:
„ Mais quel que foit enfin votre jufte courroux,
„ Moderez-le, Seigneur, & fauvez mon Epoux!
      Elle dit: à ces mots les deux Anges s'émurent:
Cependant par refpect pour leur Maître ils fe tûrent:
Mais touchez des regrets d'un couple malhureux,
Ils laiffoient échapper des foupirs genereux.
Le Juge enfin prononce, &, joignant la clémence
A la févérité, telle fut fa fentence:
      „ Du barbare Ennemi qui caufe tous ces maux,
„ J'ai terracé l'audace & rompu les complots:

„ Chaffé

„ Chaffé de mon Empire, il rampe fur la Terre
„ Et fe prépare encore à vous faire la guerre:
„ Mais il aura beau faire, & tous fes vains effoits
„ Ne feront que trainer fa rage & fes remors;
„ Et de la même tige où fa fureur brutale
„ Imprima le venin d'une bouche infernale,
„ Je veux qu'il forte un jour un Héros glorieux,
„ Qui nous venge à jamais de ce Monftre odieux,
„ Et le foulant aux piez, de fes pezantes chaines
„ L'accable au noir féjour de l'horreur & des peines.
    „ Pour vous de qui l'orgueil plein de témérité,
„ Afpirant aux honneurs de la Divinité,
„ A preféré la voix d'un Séducteur immonde
„ Aux ordres fouverains du Monarque du Monde:
„ Victime deformais de fon jufte courroux,
„ Loin de monter au trône ou d'y voir votre Epoux,
„ Vous fuivrez fon éxil en Efclave affervie;
„ Les pleurs abrègeront le cours de votre vie,
„ Et ces tendres liens, pour vous fi pleins d'appas,
„ Souvent vous meneront jufqu'aux bords du trépas.
    „ Et vous dont la foibleffe encor plus criminelle
„ A méprifé mes loix pour fuivre un cœur rebelle,
„ Et bravé mon courroux pour flatter fes forfaits ;
„ De toutes fes douleurs vous porterez le faix.
„ J'augmenterai vos maux, vos befoins, vos allarmes;
„ Vous mangerez tous deux votre pain dans les larmes:
„ Je maudirai la Terre & fes flancs refferrez
„ N'enfanteront plus rien s'ils ne font déchirez.
„ Souvent, malgré les foins d'une main diligente,
„ La plaine & les côteaux fruftreront votre attente,
„ Et fes tendres épis de vos pleurs arrozez
„ Sous la grêle en fureur tomberont tout-brizez.
„ Poudre & cendre vous même, enfin vos deftinées
„ Dans ces triftes vallons fe verront terminées,
„ Et la mort furvenant, dans le fond d'un cercueil,
„ Pour vanger mes arrêts, couchera votre orgueil.
    A ces mots nos Ayeux, frappez de leurs miferes,
Redoublent leurs foupirs & leurs larmes ameres,
Et, tombant à fes pieds, d'un regard douloureux
Ils adorent la main qui va s'armer contre eux.
Adam prend la parole & d'une voix mourante
Prononce en gémiffant la priere fuivante:

                        q   „ Seigneur,

„ Seigneur, dont les bontez furpaffent les hauts faits,
„ Qui pourroit te cacher fa honte & fes forfaits?
„ Tu fondes toute chofe & même les abimes,
„ Dans le fond de nos cœurs tu découvres nos crimes!
„ Accablez de trifteffe & pénétrez d'effroi,
„ A peine pouvons nous lever les yeux vers Toi!
„ Ta gloire nous abbat, tes regards nous confondent,
„ Notre cœur nous délaiffe & nos ames fe fondent!
„ Le crime qui nous livre à ton jufte courroux,
„ Comme un Monftre odieux eft toûjours devant nous!
„ Ce qui rend notre chute encore plus amere,
„ Ce ne font point nos maux; Seigneur, c'eft ta colere:
„ La mort même aujourd'hui, finiffant nos douleurs,
„ Ne feroit point pour nous le plus grand des malheurs;
„ Et plût à ta bonté, qu' éxpiant notre offenfe
„ Notre dernier foupir nous rendit ta clémence!
„ Nous aurions quelque efpoir, même dans le trépas;
„ Et nous mourrions contens mourant entre tes bras!
„ Mais tes bienfaits, Seigneur, & notre ingratitude
„ Redoublent notre honte & notre inquiétude,
„ Et les cruels remords, deployant leurs fureurs,
„ S'emparent de notre ame & déchirent nos cœurs.
„ Telle eft notre bleffure! O Dieu dans ta colere,
„ Malgré tous nos forfaits, fouviens-toi d'être Pere,
„ C'eft ta main qui nous fit & c'eft par ta bonté
„ Que la poudre refpire & connoit ta clarté.
„ Il eft vrai, notre orgueil a flétri ton ouvrage,
„ Nous avons prophané les traits de ton image;
„ Mais ton fouffle puiffant pour nous vivifier,
„ Peut encor nous refondre & nous purifier.
„ Oui, Seigneur, ta parole adorable & fuprème,
„ Qui commande au néant, eft aujourd'hui la même,
„ Tu peux nous reftaurer & calmant nos efprits
„ De ces vafes rompus relever les débris!
    Quand il parloit ainfi, les foupirs & les larmes
De leurs cœurs defolez éxprimoient les allarmes,
Et les Anges témoins de ces vives douleurs,
Ne pouvoient retenir leurs foupirs, ni leurs pleurs.
Le Juge en fut ému: prononçant la fentence,
On voyoit dans fes yeux des rayons de clémence;
Mais quand il eut oui ces longs gémiffemens,
Il parut encor plus fenfible à leurs tourmens.
                          „ Mortels,

„ Mortels, répondit-il, la Sentence eſt donnée:
„ Vous auriez dû périr cette même journée;
„ Et ſi le Ciel vengeur n'eut écouté ma voix,
„ Vous alliez ſuccomber ſous la rigueur des loix.
„ Le prix de ſon amour & l'horreur de vos crimes,
„ Dès l'inſtant du forfait vous rendoient ſes victimes:
„ Mais ſignalant mon zèle & ma bonté pour vous,
„ De ſon bras irrité j'ai ſuſpendu les coups.
„ J'ai prévu vos regrets & vos larmes ameres,
„ Et je me ſuis chargé de toutes vos miſeres:
„ J'ai prié pour votre ame & les Cieux ſont témoins
„ De l'ardeur de mes vœux, du ſuccès de mes ſoins.
„ Vivez donc, &, touchez de la bonté céleſte,
„ Déteſtez la noirceur d'un attentat funeſte,
„ Déplorez votre crime & ſages deſormais
„ Qu'un objet défendu ne vous tente jamais.
„ Donnez gloire au Très-Haut & beniſſez d'avance
„ La main qui vous châtie avec tant de clémence.
„ Le Ciel dans ſon courroux écraſe la fierté,
„ Mais ſon bras ſe deſarme envers l'humilité.
„ Loin de pleurer ces lieux, jadis ſi pleins de charmes,
„ Cherchez une demeure où tariſſent vos larmes.
„ Nulle terre ici-bas ne peut la procurer,
„ Mais je monte là-haut pour vous la préparer.
„ Suivez moi de l'eſprit: ces plages tenebreuſes
„ N'offriront à vos yeux que des ronces affreuſes,
„ Et la vie elle-même, en ces vallons de deuil,
„ Ne ſera que l'attente & l'effroi du cercueil.
„ Mépriſez des climats prophanez par vos crimes,
„ Et tournez vos regards vers ces voutes ſublimes.
„ Laiſſez-là cette Terre & ſes objets divers;
„ Ils paſſeront bientôt avec cet Univers.
„ Armez vous de courage & ſur tout d'innocence;
„ La vertu dans les cœurs fait vivre l'eſperance.
„ Cultivez la juſtice & recherchez la paix,
„ Et mon aide au beſoin ne manquera jamais.
„ Je vous laiſſe; il eſt tems qu'en Rédempteur fidelle
„ Je monte au Sanctuaire où la Grace m'appelle,
„ Et que j'aille porter vos ſoupirs généreux
„ Juſqu'au ſein paternel de l'Etre bienhureux.
„ Un jour je reviendrai pour finir vos allarmes:
„ Mortels, que vos forfaits me vont coûter de larmes!

„ Puiſſiez

„ Puiſſiez vous .... mais je pars; mon Ange Raphaël
„ Pourra vous informer des deſtins d'Iſraèl.
„ Que la vertu d'en-haut qui brave les orages,
„ Au milieu des dangers ſoutienne vos courages,
„ Et que le même Eſprit qui forma ces doux nœuds,
„ Paſſe de Pere en Fils à vos derniers neveux.
„ Je remonte à mon Dieu, mais ma grace puiſſante,
„ Par tout où vous ſerez, ſera toûjours préſente.
„ Je vous quitte, il le faut; moderez vos regrets,
„ Je vais remplir ma tâche & combler vos ſouhaits.
　　Il dit, & tout à coup s'élevant dans la nuè,
Il regagne l'Olympe & s'échappe à leur vue;
Gabriel l'accompagne & nos triſtes Ayeux
Les ſuivoient l'un & l'autre & du cœur & des yeux.
Ainſi près du Jourdain le fidelle Elizée
Vit enfin couronner la vertu méprizée,
Et ſur un tourbillon triompher dans les airs
Un Prophete vainqueur du Monde & des Enfers.
Ainſi des douze Elus la troupe réunie
Vit un pareil triomphe au mont de Béthanie,
Quand le Sauveur lui-même à leurs yeux éxalté,
Leur ouvroit le chemin de l'immortalité.
Préſage raviſſant de leur gloire future:
Plus il s'éloigne d'eux, plus leur foi ſe raſſure!
Ainſi nos deux Epoux de triſteſſe accablez,
En le voyant partir ſe virent conſolez;
Et, pour gage nouveau de la bonté divine,
Voici tomber du Ciel deux tuniques d'hermine,
Qui voltigeant ſur eux, comme pour les couvrir,
Sembloient à leurs beſoins d'elles-mêmes s'offrir.
„ Levez vous, leur dit l'Ange, & d'un cœur plein de joye,
„ Profitez des faveurs que le Ciel vous envoye;
„ Suivez l'ordre d'en haut & ſortant de ces lieux,
„ Conſolez votre éxil par ces tendres adieux.
„ Le Ciel, dans ſon courroux, toûjours ſage & propice,
„ Pour les cœurs abattus modere ſa juſtice,
„ Et la foudre en ſes mains, toute prête à partir,
„ Dès qu'il voit leurs regrets, commence à s'amortir.
„ Mortels, prêtez l'oreille aux propos de ma bouche,
„ Si vos péchez ſont grands, que ſa bonté vous touche:
„ D'un barbare Ennemi terraſſant les fureurs,
„ Il deſcend des hauts Cieux pour calmer vos terreurs.

„ Il

„ Il reçoit vos foupirs & vos larmes ameres,
„ Du Manteau de fa grace il couvre vos miferes,
„ Il vous montre la palme au bout de vos travaux,
„ Et me laiffe avec vous pour foulager vos maux.
„ S'il regagne à vos yeux ces demeures fublimes,
„ C'eft pour fléchir le Ciel irrité par vos crimes,
„ Et pouffant jufqu'au bout fon zèle & fes bienfaits,
„ Vous introduire enfin au féjour de la paix!
„ Il eft vrai, vous mourrez ; mais le cours des années
„ Ne fauroit terminer vos hautes deftinées.
„ Celui dont la parole enfanta l'Univers,
„ Qui règle la Nature & ces orbes divers,
„ Qui marque à chacun d'eux leurs fentiers légitimes,
„ Qui fait trembler la Terre & fendre les abimes,
„ Qui fonde l'Océan & commande à fes flots,
„ Qui pèze à la balance & vallons & coteaux,
„ Celui qui de fa main déployant la merveille,
„ Forma l'œil, étendit le tympan de l'oreille;
„ Ne pourroit-il un jour, comme il fit autrefois,
„ Sur la poudre éxercer fa puiffance & fes droits?
„ Cette poudre, il eft vrai, cette cendre luftrée;
„ Dans fon premier limon fera bientôt rentrée;
„ Mais l'Efprit qui l'anime, iffu du Créateur,
„ Remonte à fon principe & rejoint fon auteur:
„ A moins qu'à fes bontez infenfible & rebelle,
„ Oubliant fa patrie où fa voix le rappelle,
„ Il ne fe livre en proye à fes penchans pervers
„ Et ne vende fon titre & fa gloire aux Enfers.
„ Tels font du Roi des Roix les decrets adorables:
„ Puiffent ils à jamais vous être refpectables!
„ Vous pleurez, je le vois, pour ces triftes neveux,
„ Que leurs égaremens vont rendre malhûreux:
„ Mortels, confolez vous; les douleurs, les miferes,
„ Au vice, à la vertu font toûjours falutaires;
„ Et s'il eft des Enfans que rien ne peut gagner,
„ Un Pere, un Juge, un Roi doit-il les épargner?
„ Non fans doute & le Ciel, vengeur de la Juftice,
„ S'il protège les bons, doit confondre le vice,
„ Et pour conferver l'ordre en ce vafte Univers,
„ Il y faut des lauriers auffi bien que des fers.
„ Le cœur eft toûjours libre; ainfi le Ciel l'ordonne:
„ C'eft le cœur qui fléchit, & le Ciel qui couronne:

r   „ Il

„ Il eſt vrai que le Ciel lui prête ſon appui,
„ Mais le Ciel après tout ne l'aide point ſans lui.
„ Mais ne pourroit-il point, conſommant ſa clémence,
„ Pour toucher des ingrats déployer ſa puiſſance?
„ Sans doute & pour toucher le cœur de ces ingrats,
„ Le Ciel ne ceſſera de leur tendre les bras:
„ Mais ſi par ſes bienfaits il ne peut les confondre,
„ Au creuzet de ſon ire il ſaura les refondre.
„ Mais ſi tel eſt le fort des pécheurs obſtinez,
„ Ne vaudroit il pas mieux qu'ils ne fuſſent point nez?
„ Ah! Mortels, reprimez un langage infidelle,
„ Et frappez des tréſors de la gloire éternelle,
„ Voyant tant de neveux dans le Ciel couronnez,
„ Voudriez vous que ceux-là ne fuſſent jamais nez?
„ Les autres, je l'avoue, en proye à leurs chimeres,
„ Tomberont par leur faute en diverſes miſeres;
„ Mais ſachez que le Ciel toûjours grand, genereux,
„ N'eſt jamais ſans pitié pour les plus malhûreux,
„ Et qu'un jour on verra ſes plus triſtes victimes,
„ Donner gloire à ſa grace en confeſſant leurs crimes,
„ Et malgré les remords qui perceront leurs cœurs,
„ Au néant préférer les ſoupirs & les pleurs.
     „ Ainſi du Roi des Roix adorant la clémence,
„ Reſpectez ſon Empire & craignez ſa vengeance,
„ Et n'allez point ravir à ſon autorité,
„ Un glaive qui préſide à votre ſûreté.
„ Portez vos cœurs en haut, relevez vos courages,
„ Un calme univerſel va ſuivre ces orages,
„ Et malgré les efforts d'un Monſtre audacieux,
„ Vous remplirez la Terre & peuplerez les Cieux,
     „ Abel, l'un de vos fils, victime de ſon frere,
„ Des bienhûreux martyrs ſera nommé le Pere:
„ Seth remplira ſa place & le Ciel reſpecté
„ Obtiendra par ſon zele un ſervice arrêté:
„ Formé ſur les leçons de ces dignes modeles,
„ Hénoch dans leurs combats ſoutiendra les fidelles,
„ Et toûjours vers le Ciel dirigeant tous ſes pas,
„ Il y ſera reçu ſans goûter le trépas.
„ Noé par ſon éxemple & ſes ſaintes maximes,
„ D'un ſiécle débordé cenſurera les crimes,
„ Et ſans craindre la haine & le fiel des pervers,
„ Leur prédira les fleaux du Dieu de l'Univers:

                                        Auſſi

„ Auffi dans les horreurs du plus grand des naufrages,
„ On le verra tranquile au milieu des orages,
„ Et fes fils avec lui dans un arche fauvez,
„ Repeupleront ces lieux que les flots ont lavez.
„ Au flambeau de la foi joignant l'obéiſſance,
„ Abraham du Tres-Haut recevra l'alliance;
„ Pour éprouver fon cœur le Ciel n'a qu'à parler;
„ Eſt-ce un Fils, un Iſaac, qu'il lui faut immoler ?
„ Il le prend . . . . mais touché d'une vertu ſi pure,
„ Le Ciel le lui conferve & calme la Nature.
„ Jacob dans fon exil, au pié d'un arbriſſeau,
„ D'un roc fait fon chevet & des cieux fon rideau;
„ Mais celui qui voit tout & jamais ne fommeille
„ De fes foins paternels lui montre la merveille.
„ Jofeph, tout jeune encor, abandonné des fiens,
„ Fait briller fa vertu jufques dans fes liens,
„ Et préférant les fers au trouble de fon ame,
„ Se délivre en fuyant des fureurs d'une femme.
„ Mais la vertu triomphe & fa gloire à fon tour
„ Brille comme un foleil au milieu d'un beau jour.
„ Dans un coffret de jonc, échappé du naufrage,
„ Moiſe au gré des eaux flottant vers le rivage,
„ Y retrouve une Mere, une Reine, un Palais;
„ Mais les tréfors d'Egypte ont pour lui peu d'attraits.
„ Il regarde en pitié ces faveurs paſſageres,
„ Préfere à leur éclat l'opprobre de fes freres,
„ Et le Ciel approuvant la grandeur de fon choix,
„ L'entretient face à face & lui dicte fes loix.
„ Le vaillant Jofué, marchant fous fes aufpices,
„ Du pays fortuné va goûter les prémices,
„ Et traverſant le fleuve avec fes bataillons,
„ Voit tomber Jéricho devant fes pavillons.
„ Ifrael introduit dans la Terre promiſe,
„ A l'ombre des lauriers enfin fe tranquiliſe ;
„ Mille peuples jaloux ont beau le harceler,
„ Le Ciel entend fes cris & vient le confoler.
„ Gedeon par fa foi, Debora par fon zele,
„ Jephté par fa valeur, foutiennent fa querelle;
„ Et fi l'affreux Géant vient encor l'outrager,
„ Il fera confondu par un fimple Berger.
„ O Pafteur de Jacob, bientôt Prince & Prophète,
„ Va monter fur la trône & garde la houlette;

                                        „ Apprend

„ Apprend nous à combattre, apprend nous à chanter
„ Les éxploits de la main qui vient de t'éxalter;
„ De l'aimable innocence étale les délices
„ Et d'un cœur égaré la honte & les fupplices!
„ Son Fils, à bien règner bornant tous fes fouhaits,
„ Eleve dans Sion le Temple de la Paix,
„ Et lui-même à genoux, plein de gloire & de grace,
„ Suivi de tout fon peuple en fait la dédicace.
„ Siécle d'or d'Ifraèl! hureux calme! hûreux jours!
„ Hélas! pourquoi, faut-il que vous foyez fi courts!
„ Mais, malgré les frimats & les noires tempêtes,
„ La vertu dans les cœurs fait encor des conquêtes,
„ Des volontez du Ciel les Miniftres zélez
„ Ramenent au bercail les troupeaux éxilez,
„ Et ces triftes captifs, terminant leurs miferes,
„ Retournent en triomphe aux foyers de leurs Peres.
„ Le Vainqueur de Babel, modèle des grands Roix,
„ Rend homage au Dieu-Fort de fes plus beaux éxploits;
„ Dans Sufe Affuerus confond la jalouzie,
„ Et dans les yeux d'Efther trouve une autre Afpafie.
„ Sion, fors de ta poudre, & vous, peuples divers,
„ Reconnoiffez la main qui fit cet Univers,
„ Ceffez de vous hair, de vous faire la guerre;
„ Le Seigneur en pitié va regarder la Terre!
„ Et Toi, tendre Rachel, qui verfas tant de pleurs,
„ Ceffe de lamenter les fils de tes douleurs;
„ L'Enfant qui vient de naître, arrofé de tes larmes,
„ Va confommer ta gloire & calmer tes allarmes:
„ En vain le fier Tyran s'empreffe à le chercher,
„ Le Ciel à fes fureurs faura bien l'arracher:
„ Ne pleure point ces fils, victimes de fa rage;
„ Si la mort les ravit, le Ciel eft leur partage,
„ Et celui qui Te refte, objet de fa faveur,
„ De fes freres mourans eft déja le Sauveur.
„ Regarde vers les cieux; l'Olympe eft tout en fête,
„ L'étoile du matin repofe fur fa tête;
„ Les Bergers d'alentour, attirez par nos voix,
„ Viennent pour rendre homage au Fils du Roi des Roix,
„ Et l'Orient ravi des honneurs qu'il t'envoye,
„ Vient t'offrir fes tréfors & partager ta joye.
„ L'innocence refpire & les cœurs abattus
„ Vont reprendre courage & chanter fes vertus.

„ Déja

„ Déja le Précurfeur les touche & les confole,
„ Et l'enfant à fon Pere a rendu la parole ;
„ Le Vieillard de Sion de fes fers degagé,
„ A fatisfait fes yeux & reçu fon congé.
„ Démons, retirez vous, le Seigneur va paroître,
„ Déja les Elemens reconnoiffent leur Maître,
„ La Mer calme fes flots & l'Orage irrité
„ Refpecte fa préfence & fon autorité.
„ L'Aveugle fous fes yeux voit naître la lumiere,
„ L'Impotent fe releve & pourfuit fa carriere,
„ Le Muét parle au fourd & la Tombe, à fa voix,
„ Lui relâche fa proye & refpecte fes droits.
„ Sa parole à l'inftant opere les miracles,
„ De fa bouche fans ceffe émanent les Oracles ;
„ La Grace l'environne & la fimplicité
„ En lui s'eft réunie avec la majefté.
„ Il confond l'Incrédule, il inftruit les Habiles,
„ Il ravit en éxtafe & provinces & villes,
„ Il nourrit les deferts & fes foins genereux
„ Se répendent au loin fur tous les malhûreux.
„ En vain contre fes jours l'Enfer arme fa haine ;
„ Ingrats, de vos complots vous porterez la peine !
„ Une fureur jalouze enfante vos forfaits,
„ Mais le Maître des Cieux accomplit fes decrets,
„ Et d'un Fils innocent fa bonté paternelle
„ Accepte pour les fiens l'offrande folemnelle.
„ Voyez la Terre émuë & le Ciel éclipfé !
„ C'eft le Fils du Très-Haut que vous avez percé :
„ Dans peu vous allez voir fa troupe moins timide
„ Vous reprocher en face un fi noir parricide,
„ Et dans vos propres murs adorer fous vos yeux
„ Ce Jesus qu'ils ont vû remonter dans les Cieux.
„ Son fépulcre eft ouvert, vos gardes fe confondent,
„ La Terre deformais & le Ciel fe répondent,
„ Et l'Efprit du Seigneur faififfant les Humains,
„ Manifefte fa gloire & l'oeuvre de fes mains.
„ L'Eglife s'affermit au milieu des tempêtes,
„ Chaque jour eft marqué de nouvelles conquêtes,
„ Et malgré les efforts du Monde & des Enfers,
„ La Vérité triomphe & furprend l'Univers.
„ Juftes, confolez vous, les orages s'appaifent,
„ Le Ciel regne ici-bas & les Démons fe taifent ;

f

„ Des

  „ Des milliers de martyrs dans la flamme éxpirans
  „ Ont ému les Bourreaux & laffé les Tyrans;
  „ La Mort les multiplie & leurs cendres fertiles
  „ Ont peuplé les Palais, la campagne & les villes;
  „ Conftantin rend homage au Fils du Roi des Roix
  „ Et dans tous fes drappeaux fait arborer la Croix.

     Ainfi prophétifoit Raphael, & nos Peres
Sentoient en l'écoutant adoucir leurs miferes,
Et touchez de ces traits, frappez de ces difcours,
Ils feroient trop hûreux de l'entendre toûjours!
Sur tant d'objets divers que fa voix leur propofe,
Ils voudroient s'éclaircir & favoir chaque chofe,
Et les temps & les lieux où ces hommes divins
Vont fournir leur carriere & remplir leurs deftins;
Et fur tout ces neveux, dont les noms & la gloire
Parviendront les derniers au Temple de Mémoire.

     L'Ange répond à tout & jamais le pinceau
N'étala dans la Gréce un fi parfait tableau.
Il peint l'hûreux Mortel, dont la vertu fevere
Toûjours loin des rumeurs d'un prophane vulgaire,
Tranquile dans le port, à l'abri des frimats,
De la mer & des vents regarde les combats,
Et voyant les nochers éperdus dans l'orage,
Admire fon bonheur d'être fur le rivage.
Il peint tous ces Newtons, qui du vice ifolez,
N'ont que des plaifirs purs, par la raifon réglez;
Qui fuivant Archimede & cent autres Euclides,
Des merveilles des Cieux obfervateurs avides,
Signalent leur carriere & leur éxploits divers
A nous montrer la main du Dieu de l'Univers.
Il peint ces Roix actifs, dignes du Diadème,
Qui favent fe contraindre & régner fur eux-même,
Et qui prenant la gloire & les travaux pour eux,
Laiffent à leurs fujets le loifir d'être hûreux;
Qui dans les champs de Mars jaloux de l'innocence,
Du foldat effrené repriment la licence,
Terraffent le fuperbe, épargnent les foumis,
Et des peuples vaincus fe font de vrais amis.
Ici brille un Augufte & Céfar fon modele,
Vefpafien, Titus, Adrien, Marc Aurele,
Guillaume, Louis douze, Henry, les deux Brunfwic,
L'un & l'autre Guftave, & plus d'un Frederic.

Mais parmi ces Héros un Peuple d'Héroines
Environnent Sophie & les deux Carolines,
Toutes deux fur le trône, étalant fous le daix
Des plus hautes vertus la grace & les attraits.
L'une eft pour Albion ; le Ciel, dès fon enfance,
Vers un trône plus haut tourna fon efperance,
Et fon Prince frappé d'un choix fi genereux,
Avec ce cher tréfor s'eftima trop hûreux.
O fortunez Epoux, vos fouhaits s'accompliffent,
Vous regnez dans nos cœurs & nos Iles fleuriffent!
Ces tendres rejettons cultivez par vos mains,
Vont faire le bonheur du refte des Humains ;
Guillaume & Frederic retraceront leur Pere,
Et leurs fœurs répendront les vertus de leur Mere.
    Il peint ces Scipions & ces fages Guerriers,
Qui cherchent la juftice & non pas les lauriers.
Il peint ces vrais Confuls, ces Catons, ces Fabrices,
Qui bravent les dangers & gourmandent les vices,
Et qui loin de cèder aux revers, aux torrens,
Au milieu des faifceaux font trembler les Tyrans.
Il peint ces Sénateurs, de qui la main frugale
Par un trafic honteux jamais ne fe ravale,
Et qui mettant la gloire au deffus des tréfors,
Paffent les jours fans crainte & les nuits fans remors.
Il peint ces Cicerons, dont la langue fublime
Tonne, éclatte, foudroye, & terraffe le crime,
Confond les conjurez & des lâches Verrès
Aux yeux de tout un Peuple étale les forfaits.
Il peint ces D'Aguefteaux, des Juges vrais modeles,
Au Pupile, à l'Etat, à leur Prince fidelles ;
Ces Kings laborieux, dont la pofterité
Vantera l'innocence & la dexterité ;
Ces fages Godolphins, ces habiles Walpole,
Qui font rouler chez nous le Gange & le Pactole,
Et qui fans s'étonner d'un Monde d'Ennemis,
Veillent pour nos tréfors à leur garde commis.
Il peint ces Tillotfons, dont les favantes veilles
Eclairent nos Efprits en charmant nos oreilles ;
Ces Claudes, ces Chamiers, dont les brillans éxploits,
De la verité pure ont défendu les droits :
Ces Heros de le France & de la Germanie,
Premiers Reftaurateurs du zele & du genie ;

Les

Ces Blondels, ces Bocharts, formez fur leurs leçons,
Prodiges de lumiere, en un mot nos Varrons;
Ces Allix genereux, réchappez de l'Orage,
Enfin tous ces débris d'un illuftre naufrage:
Doux Flambeaux, recevez, aux yeux de l'Univers,
L'Homage de mon cœur & celui de mes vers.
Il peint ces Mécénas, dont la Vertu facile,
Fait affoir à fa Table & Racine & Virgile,
Et pour fe délaffer au doux chant de leur voix,
Tantôt choifit la flute & tantôt le haut-bois.
Il peint ces Artifans dont la main gracieufe
Etale dans fes traits une ame vertueufe,
Et dont l'efprit fublime, en peignant les Heros,
Se confacre avec eux dans leurs propres tableaux.
Il peint ces Citoyens, dont la vafte induftrie,
Richeffe de nos ports, foutien de la Patrie,
En rendant à Céfar fon tribut & fes droits,
Refpecte la juftice & le Ciel & fes loix,
Et qui toûjours humains, au fein de l'abondance,
Préviennent le mérite & fouvent l'indigence.

Il parloit, il peignoit, quand parut à leurs yeux
Du grand fleuve d'Eden le criftal fpacieux.
,, C'eft affez, leur dit il; au lever de l'Aurore,
,, Demain je reviendrai vous confoler encore!
,, Le foleil va finir fa courfe dans les eaux,
,, Et le faix de ce jour vous invite au repos.
Il dit & s'élevant fur fes ailes dorées,
Il eut bientôt percé les voutes azurées.

www.ingramcontent.com/pod-product-compliance
Lightning Source LLC
Chambersburg PA
CBHW060454260626
47161CB00005B/2097